这本书属于：

_____

_____

给小方格涂颜色，创造你的"像素版"签名吧。

这不是一本
数学书

[美]安娜·韦尔特曼 著 马昕 译

花山文艺出版社

河北·石家庄

图书在版编目（CIP）数据

这不是一本数学书 /（美）安娜·韦尔特曼著；马昕译. —— 石家庄：花山文艺出版社，2019.1（2025.2 重印）

ISBN 978-7-5511-4462-9

Ⅰ. ①这… Ⅱ. ①安… ②马… Ⅲ. ①儿童故事 – 图画故事 – 美国 – 现代 Ⅳ. ① I712.85

中国版本图书馆 CIP 数据核字 (2019) 第 020400 号

河北省版权局登记 冀图登字：03-2018-153

Copyright © 2015 Quarto Publishing plc
Text © Anna Weltman
Simplified Chinese translation © 2019 Ginkgo (Beijing) Book Co., Ltd.

Original title: This Is Not A Maths Book
First Published in 2015 by Ivy Kids
an imprint of The Quarto Group.
All rights reserved

本书中文简体版权归属于银杏树下（北京）图书有限责任公司

书　　名：	这不是一本数学书 Zhe Bushi Yi Ben Shuxue Shu
著　　者：	［美］安娜·韦尔特曼
译　　者：	马　昕
选题策划：	后浪出版公司
出版统筹：	吴兴元
责任编辑：	刘燕军
策划编辑：	蔡军剑
特约编辑：	余以恒
责任校对：	李　伟
美术编辑：	胡彤亮
出版发行：	花山文艺出版社（邮政编码：050061） （河北省石家庄市友谊北大街 330 号）
印　　刷：	北京利丰雅高长城印刷有限公司
开　　本：	889 毫米 ×1194 毫米　1/16
印　　张：	6
字　　数：	60 千字
版　　次：	2019 年 3 月第 1 版
印　　次：	2025 年 2 月第 9 次印刷
书　　号：	ISBN 978-7-5511-4462-9
定　　价：	49.80 元

官方微博：@浪花朵朵童书
读者服务：reader@hinabook.com 188-1142-1266
投稿服务：onebook@hinabook.com 133-6631-2326
直销服务：buy@hinabook.com 133-6657-3072

后浪出版咨询（北京）有限责任公司 版权所有，侵权必究
投诉信箱：editor@hinabook.com　fawu@hinabook.com
未经许可，不得以任何方式复制或者抄袭本书部分或全部内容
本书若有印、装质量问题，请与本公司联系调换，电话 010-64072833

目录

- 1 关于本书
- 2 你的工具箱
- 4 完美的圆
- 6 循环图案
- 8 圆形图案，超赞！
- 10 魔鬼抛物线
- 12 奇妙的网
- 14 无限个圆
- 16 曼陀罗
- 18 一起来画三角形
- 20 与众不同的三角形
- 22 感受分形
- 24 谢尔宾斯基三角形
- 26 帕斯卡三角形
- 28 十四巧板
- 30 制作十四巧板拼图
- 32 画出完美的六边形
- 34 绘制镶嵌图案
- 36 形状不规则的镶嵌图案
- 38 平移变形
- 40 旋转海豹
- 42 用数字作画
- 44 螺旋循环线
- 46 一起来"螺旋循环"吧！
- 48 黄金螺旋线
- 50 将长方形分割成正方形
- 52 倾斜的艺术
- 54 三维艺术
- 56 创作你自己的三维画
- 58 不可思议的三角形
- 60 涂色谜题
- 62 更多涂色谜题
- 64 超级星星
- 66 欧拉难题
- 68 更多奇思妙想
- 70 术语表

数学和美术……

第一眼看上去,它们俩似乎完全没有关系。

但是再仔细看一下,
你就会发现它们之间
有很多共同点和联系。

数学的世界充满了**图案**,

这些图案很漂亮,
装饰性很强,甚至还有些复杂。

关于本书

你知道吗？我们的大脑对图案和节奏很敏感，它们恰恰是数学和美术的重要组成部分。只要加上一点点创意，美术就能让数字和形状变得活灵活现。随后，神奇的事情就会发生！一连串的数字可以创造出超赞的螺旋形（第44~47页），坐标轴上的一系列坐标点可以制造出复杂精致的三维网（第12~13页）。利用数学原理，我们可以用透视法作画（第54~57页），还可以制造出难以置信的错觉图（第58~59页）；加入趣味数学游戏（第28~31页），可以让我们感到烧脑，同时还能创造艺术。

书里的这些手工活动不仅能帮助你发现数学和美术之间的联系，还能让你体会到：它们真是太有趣了！

了解操作步骤后，你就可以在页面上创作自己的美术作品了。你可以用书后的空白纸和网格纸练习，还可以发挥创造力，创造出更多奇妙的作品。

你的工具箱

你只需要几样东西，就能创造出奇妙的数学美术作品：纸、铅笔和直尺。如果再加上几种工具，你的作品就能更上一层楼。

量角器： 是用来画角的工具。它的一边是直的，另一边是半圆的弧形，弧线上标注了从0°到180°的刻度——用来描述角的大小。

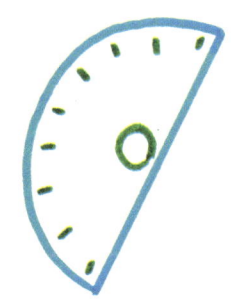

角度： 如果没有量角器，你还可以利用旁边这些角度裁片，完成所有需要用到角度的手工活动。你可以找一张纸，把这些角度描下来、剪好，在需要的时候使用。

圆规：这是用来画出完美的圆的必备工具。它看起来像字母"V"。它的一条腿上带有铅笔，另一条腿上带有针尖。把针尖的一端固定在纸上，就可以让铅笔的一端绕着圆心旋转一周。你可以在第5页学习如何使用圆规。

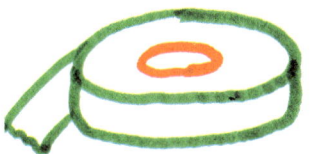

胶带：用普通胶带就可以。

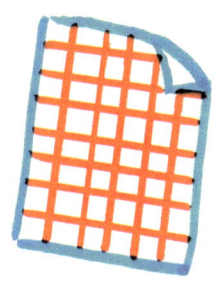

网格纸：带有方形网格或三角形网格的纸，可以在书后找到。

空白纸：可以用来画画，或者在需要裁剪图形时使用，可以在书后找到。

描图纸：有时候你需要描图纸把图形描下来，可以使用书后的空白纸。

剪刀：有时候你需要把图形剪下来，比如左页中的角度裁片，所以要准备一把小剪刀。

完美的圆

你画的圆有多完美？试着徒手画圆——要尽量画得完美。

用更多的圆把空白处填满，圆与圆之间可以重叠！

试试看！
给圆的重叠部分涂上颜色，相邻的部分要使用不同的颜色。

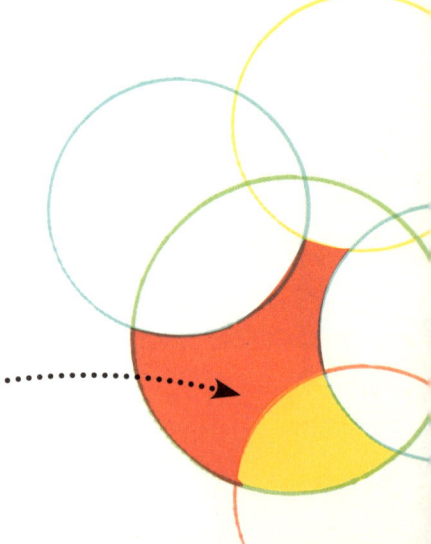

圆形挑战!

试试看,经过三个点来画一个圆。你知道经过任意三个点,只能画出一个圆吗?

你可以经过下面这三个点画出一个圆吗?

又一个挑战!

用圆规画一个完美的圆。

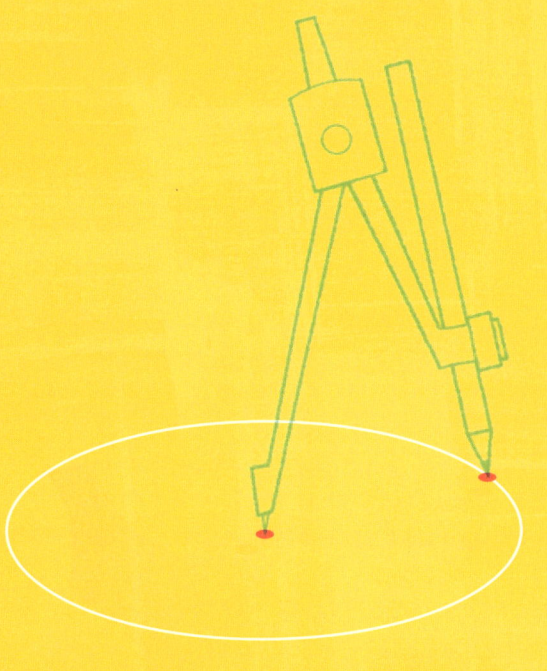

1 把圆规针尖的一端固定在这里。这是圆心。

2 把圆规铅笔的一端放在这里。这个点和圆心之间的距离叫作半径。

3 现在,用铅笔的一端绕着针尖的一端旋转一圈,画一个完美的圆。

循环图案

可别小看了圆哟!把圆排列和重叠起来,可以创造出令人惊叹的图案。试一试,看看你能创造出什么样的图案。

1 把圆规针尖的一端固定在两条网格线的交叉点上。

2 画一个占据4个正方形网格的圆。

3 继续画!

4 给花瓣形状的部分涂上颜色。

使用圆规和正方形网格纸来创造图案。

喜欢这些花瓣吗?可以在书后找更多的网格纸,来画你自己的花瓣。

美丽的花瓣

1. 把圆规针尖的一端固定在任意一个交叉点上。
2. 画一个占据6个三角形网格的圆。
3. 用圆填满网格。
4. 给花瓣形状的部分涂上颜色。

可以使用圆规和三角形网格纸。

圆形图案，超赞！

这是一颗心，一个苹果，还是一个菠萝？由你决定！这个形状叫作心脏线，是由重叠的圆构成的。心脏线的部分其实只是图形的边缘，但它里面包含的那些圆看起来真是美极了！

试着给图案涂上颜色吧。这些网状的图案看起来真酷！

画出心脏线!

按照下面的步骤,先用这些带有编号的圆进行练习,然后在白纸上自己画出心脏线。

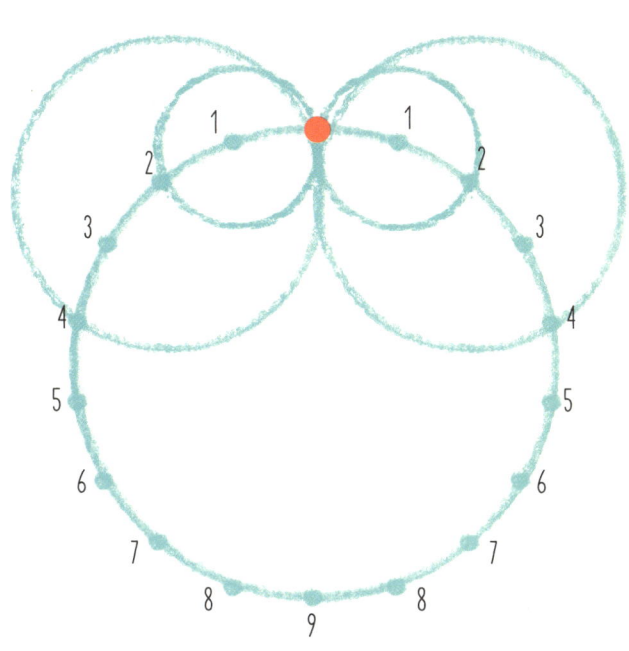

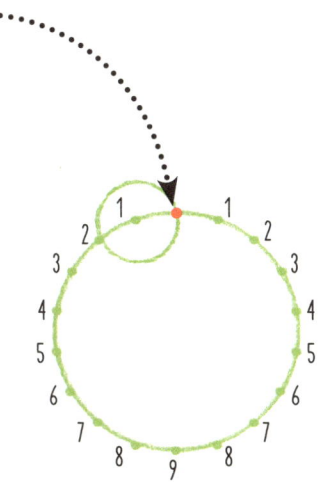

1. 以编号为1的点为圆心,用圆规画一个圆,圆周要经过大圆顶部的红点。

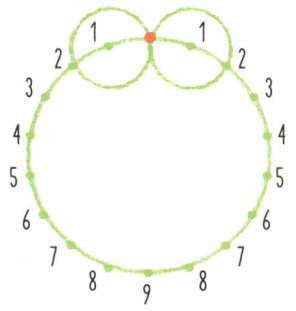

2. 以另一个编号为1的点为圆心,再画一个圆,圆周也要经过大圆顶部的红点。

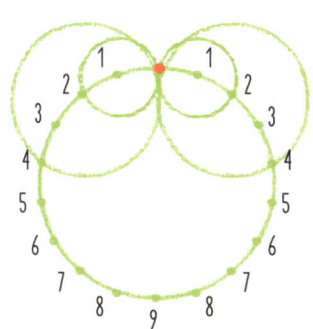

3. 以编号为2的点为圆心,画两个更大的圆,一直画到编号8。最后以编号为9的点为圆心,画一个单独的圆——这个圆最大!

魔鬼抛物线

不一定非要用圆来画曲线，还可以用直线来画。用下面这个方法试试看，继续完成下面的图案。用直尺画直线，把相同的两个数连起来（比如1和1，2和2……以此类推）。

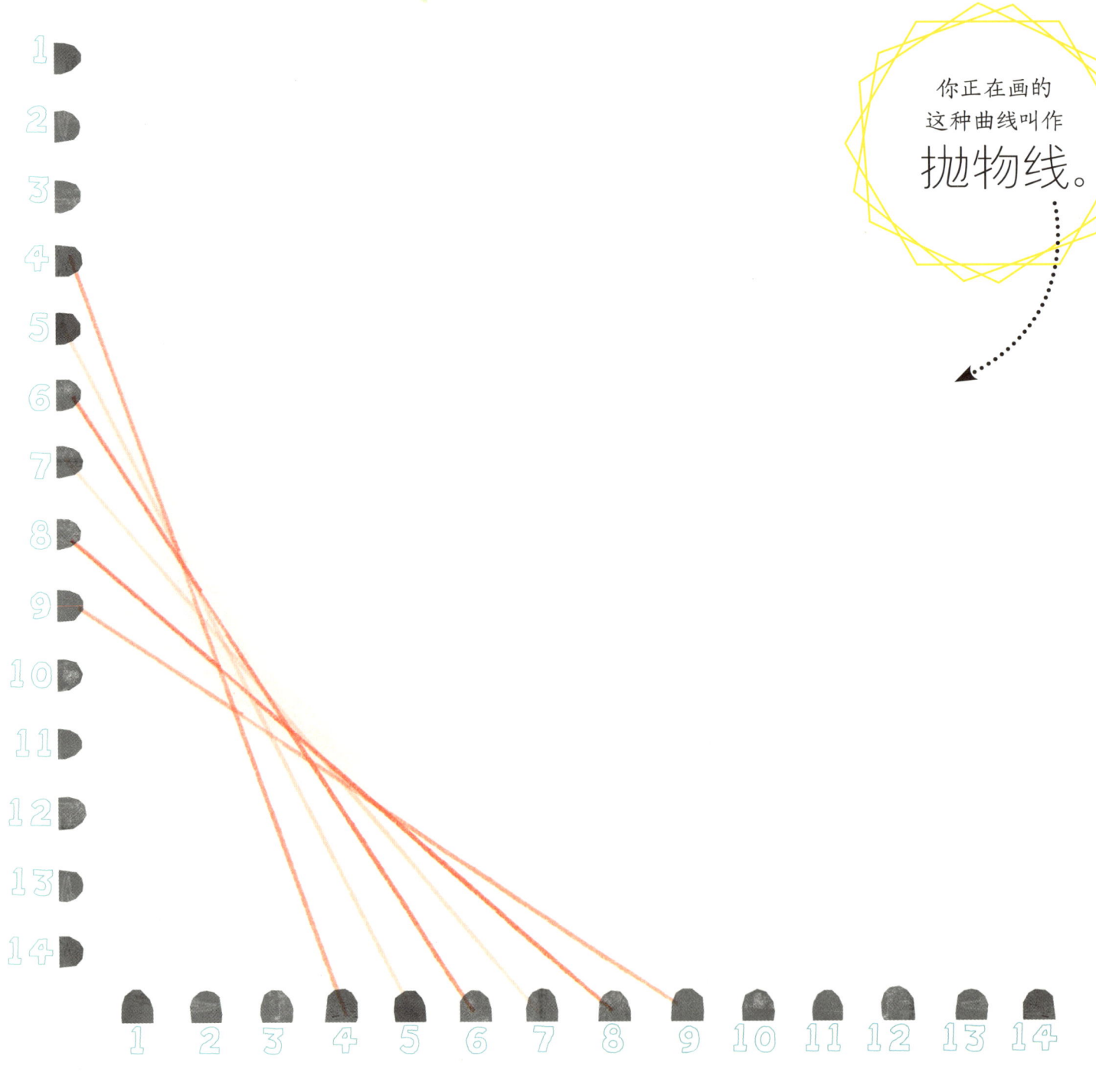

你正在画的这种曲线叫作**抛物线**。

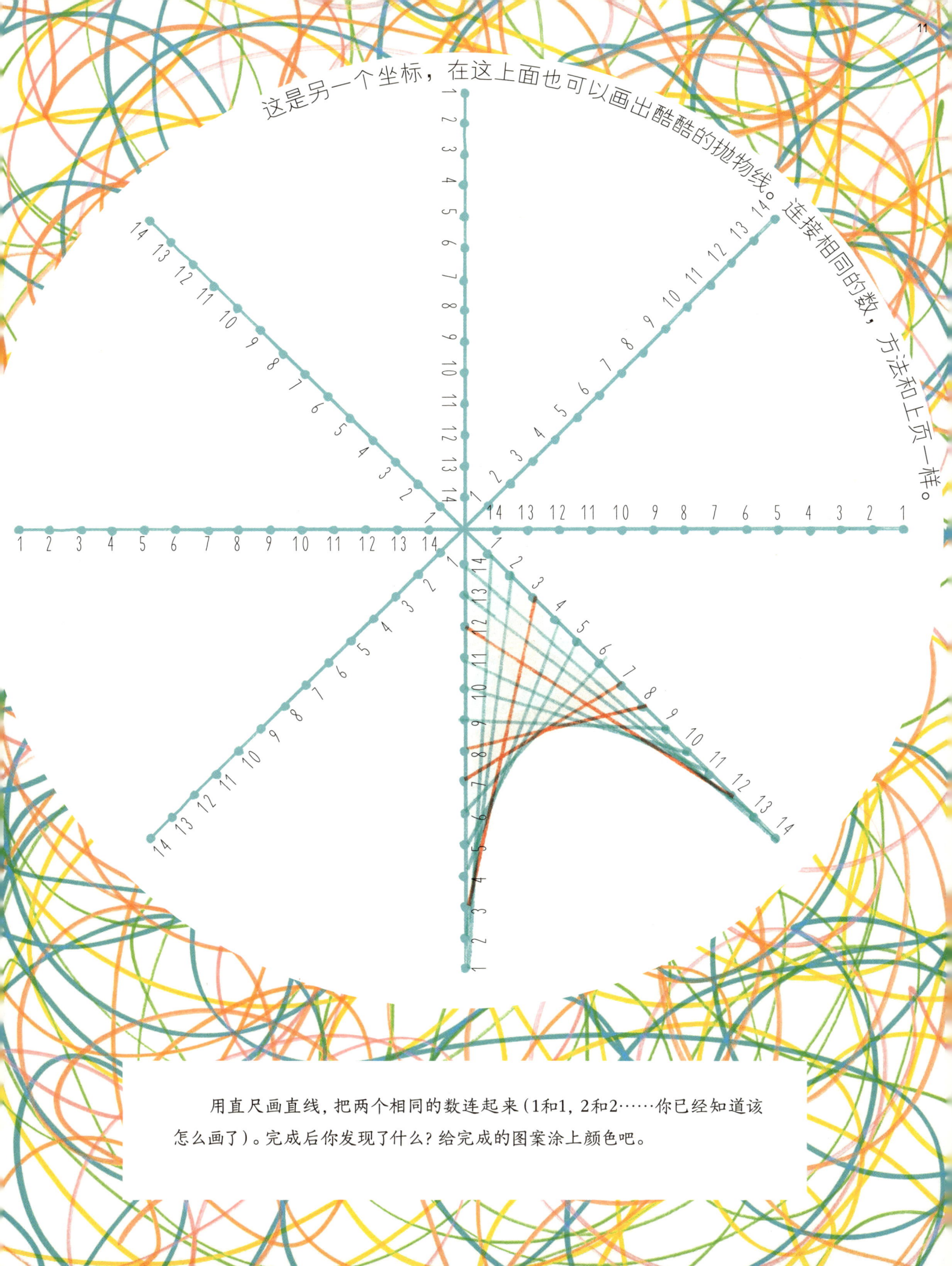

奇妙的网

把抛物线叠加起来,可以画出一张就连蜘蛛都赞叹不已的网!

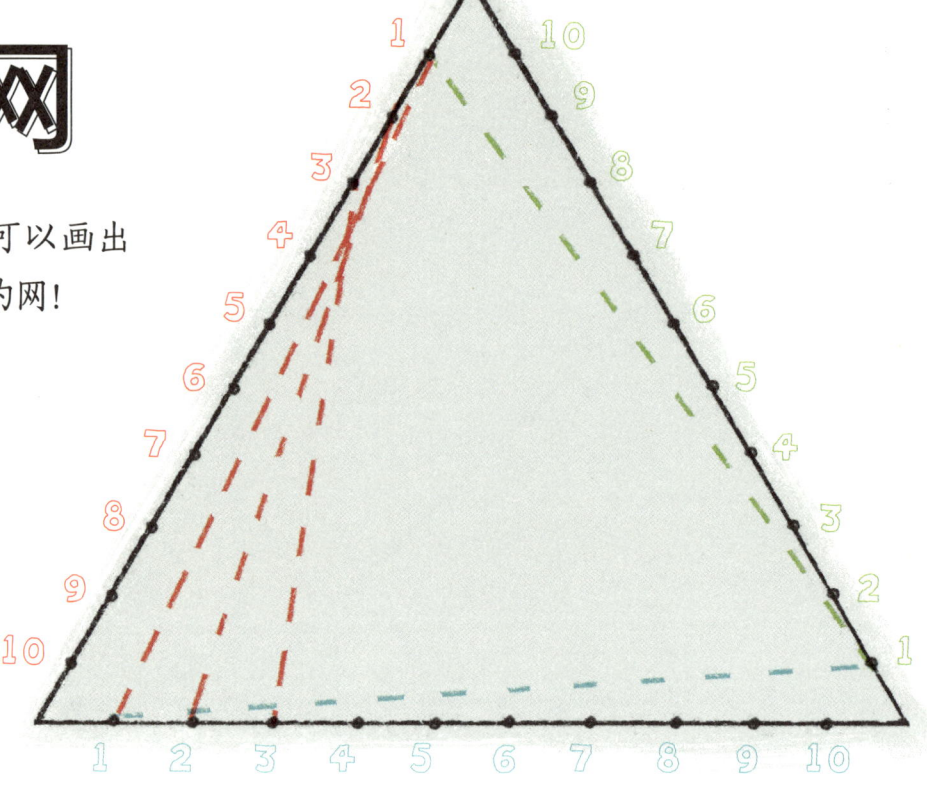

连接三角形三条边上相对应的数。相同的数,按照红→蓝→绿→红的顺序依次相连。

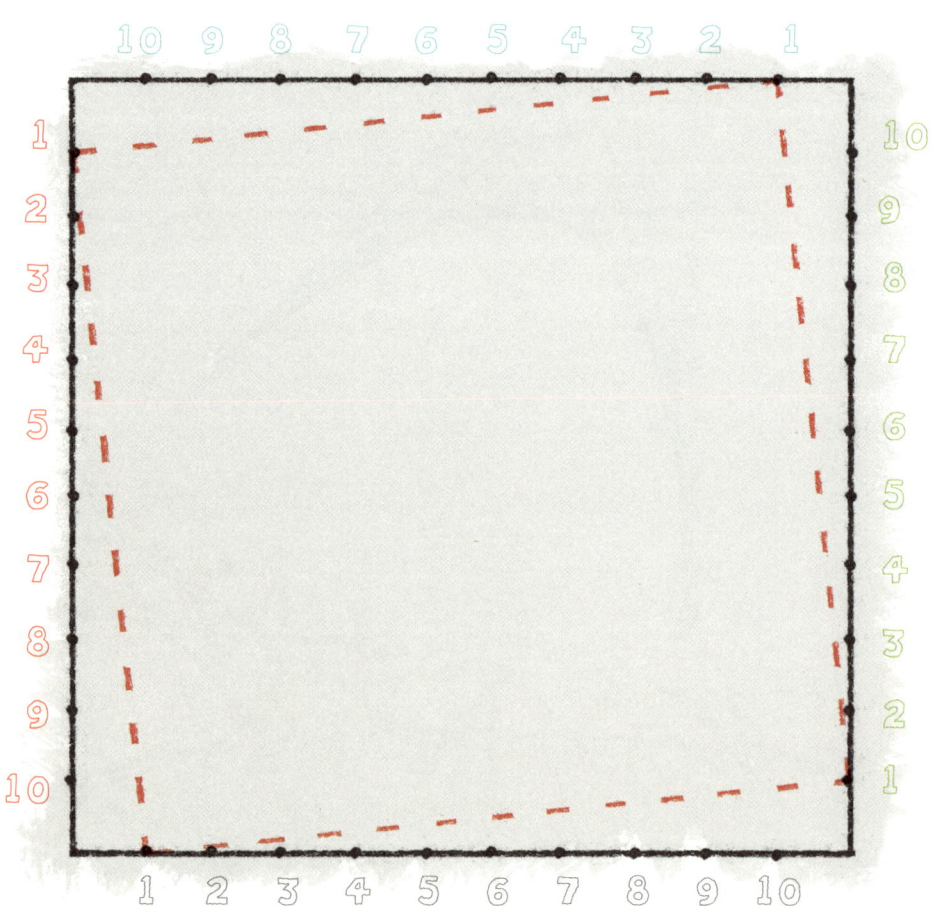

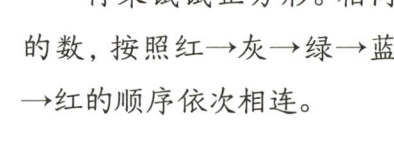

再来试试正方形。相同的数,按照红→灰→绿→蓝→红的顺序依次相连。

你能"织"出什么样的网?试着在书后的空白纸上画一画。

按下面的要求，把圆周上的点连起来，找出神秘的曲线。

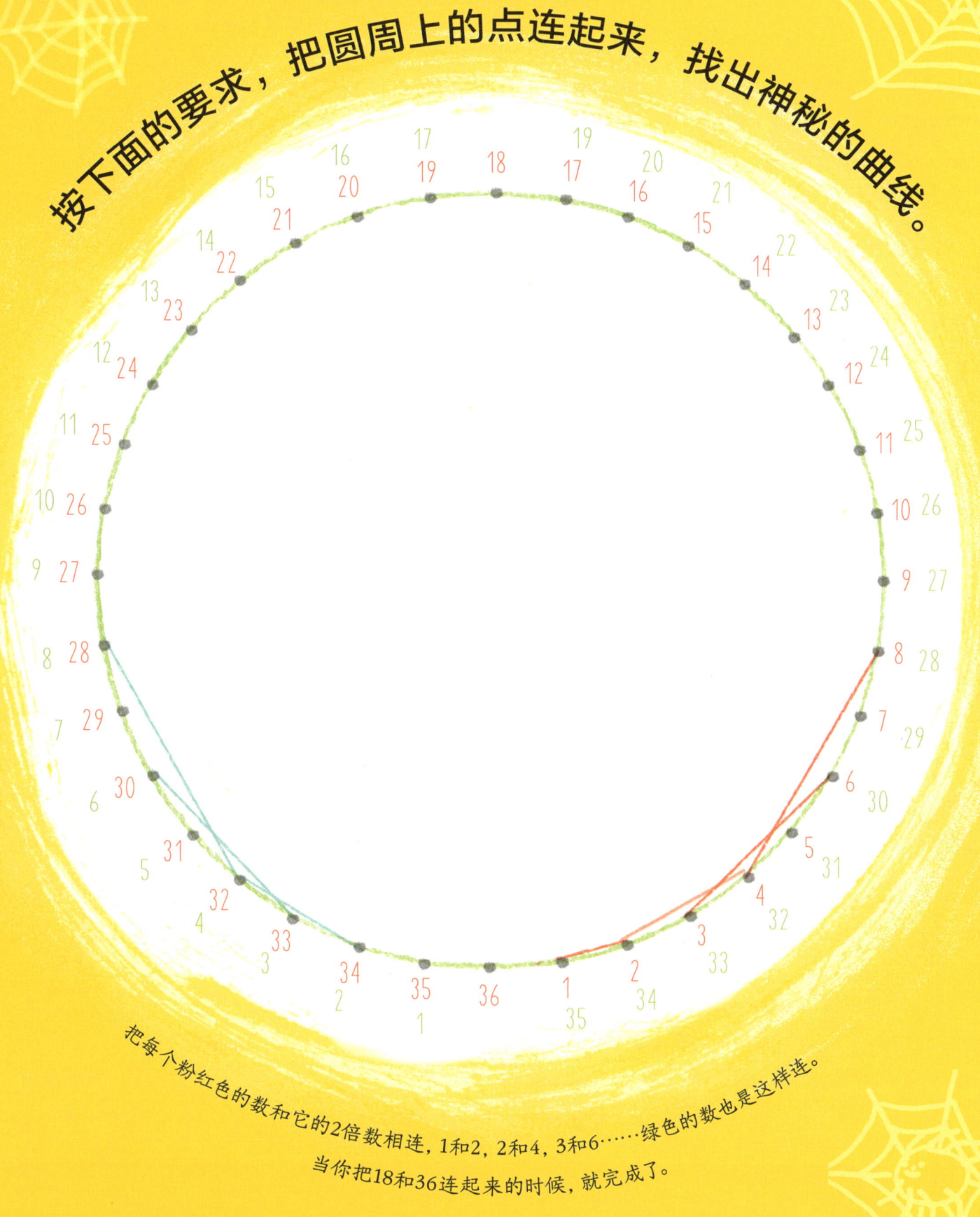

把每个粉红色的数和它的2倍数相连，1和2，2和4，3和6……绿色的数也是这样连。
当你把18和36连起来的时候，就完成了。

你画出的线条呈现出什么形状？
你能在这本书的其他页面找到相同的形状吗？

无限个圆

你能在一个有限的空间里放进无限数量的圆吗?在这个三角形里,能填入的最大的圆是什么样的?在剩下的空间里,尽可能地画出最大的圆。

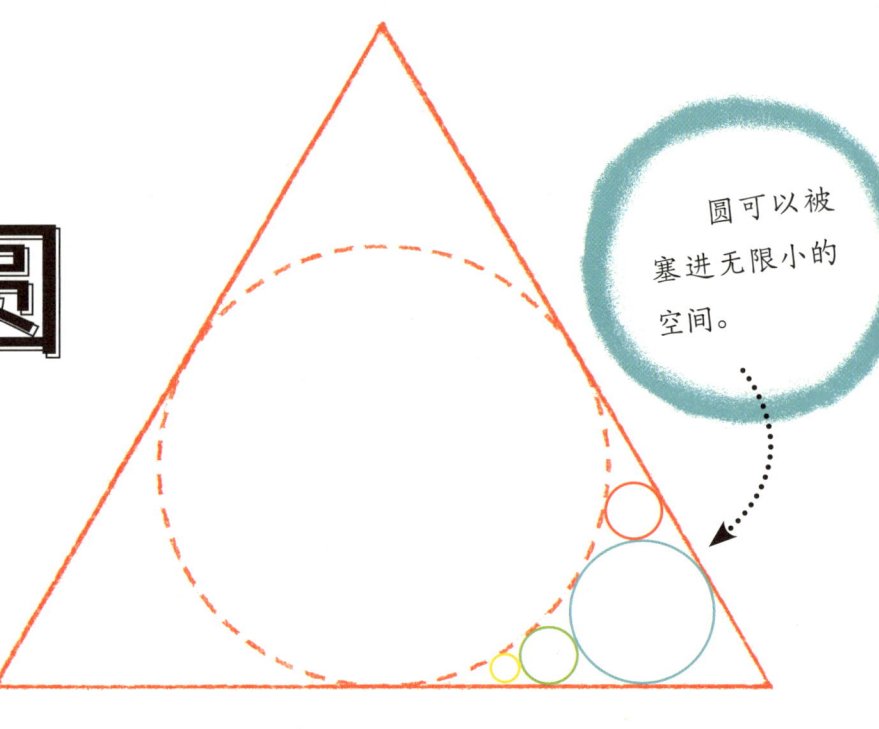

圆可以被塞进无限小的空间。

你能塞下多少个圆?

在每个三角形里,尽可能地画出最大的圆。

然后把圆塞进剩下的空间里。每次都要尽可能地画出最大的圆。

就像用泡泡填满泡泡棒一样，试着用小圆填满大圆吧。

在圆里画一个小圆，半径是大圆半径的一半。再画一个更小的圆，半径是上一个圆半径的一半……就这样填满剩下的空间，试着徒手画圆。

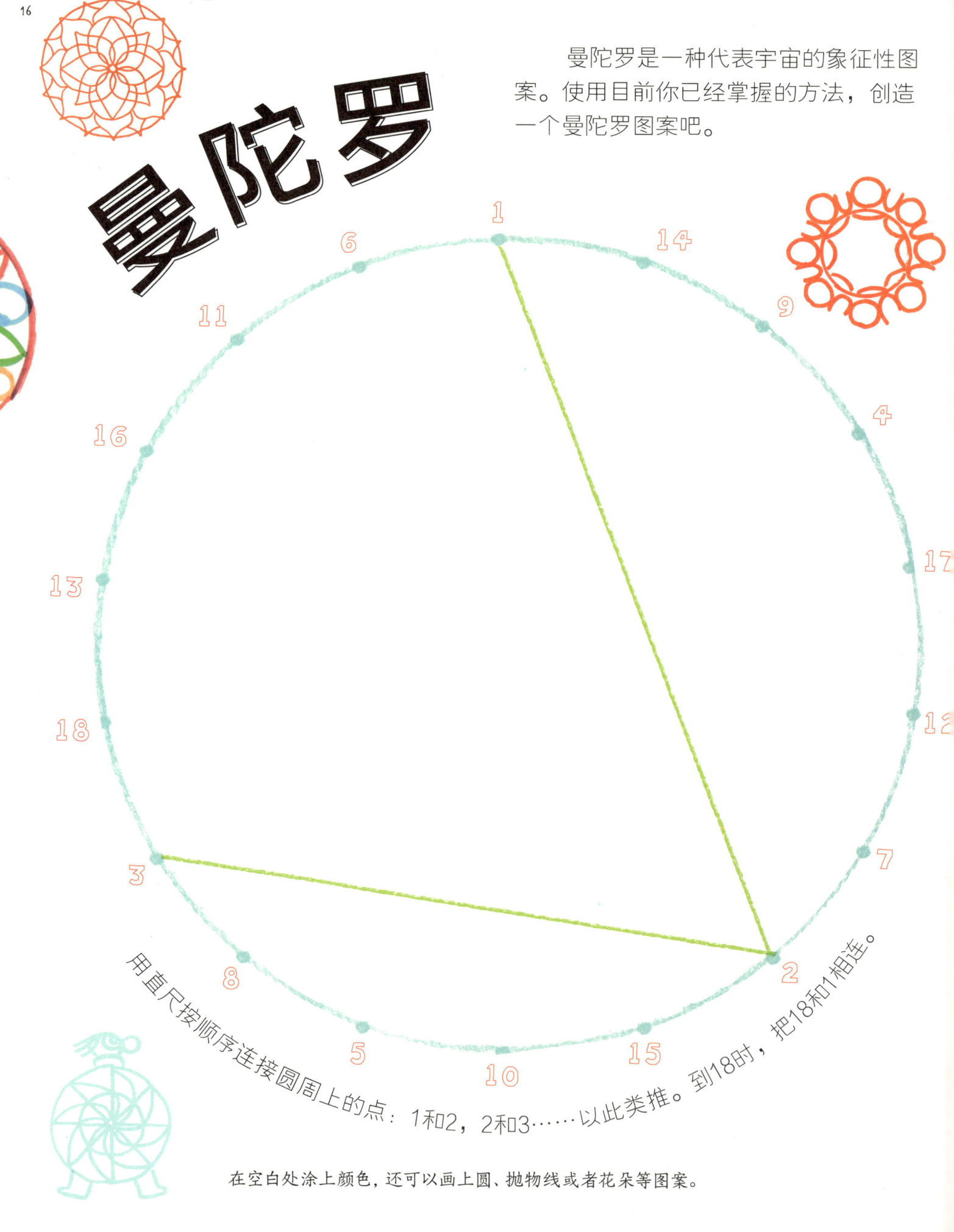

图案很复杂，但棒极了！

1. 以0为起点，每向前数5个点，连一条线，比如将0和5相连，5和10相连……到35时，继续向前数5个点，和4相连。到34时，再向前数5个点，和3相连。就这样不断向前，直到回到0。

2. 从0开始，每向前数11个点，连一条线，比如将0和11相连，11和22相连……到33时，继续向前数11个点，和8相连。不断向前，直到回到0。

3. 再从0开始，每向前数15个点，连一条线，方法跟前两步一样。回到0时，每向前数19个点，连一条线。再次回到0时，图案就完成了！

一起来画三角形

要想画一个三角形,首先需要连接三个点。按照下列步骤,练习画直角三角形,然后用它来创造美丽的图案。

在直角三角形中,其中一个角是90°。

1.画一个正方形。

2.画一条对角线。

3.擦掉其中的一半。

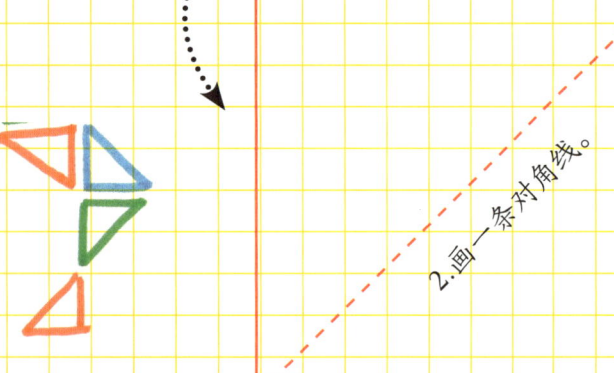

瓷砖拼花图案

小小的三角形可以创造出美丽的图案。

把一个正方形网格分成两个三角形,给其中一个三角形涂上颜色。

现在形成了两个三角形,一个是白色的,另一个是红色的。

在相邻的位置画上相同颜色的三角形,组成更大的图案。

不断扩大图案……

继续创造瓷砖拼花图案吧!

你也来试试吧!在书后的网格纸上创造出漂亮的瓷砖拼花图案。

与众不同的三角形

等边三角形的三条边长度相等。画等边三角形有两种方法,快来试试吧。

角度法:

1. 需要用到从第2页上描好并剪下来的60°角裁片。

2. 用直尺画出60°角的两条边——这两条边的长度一定要相等。

3. 把两条边的末端连接起来,这就是第三条边。这条边的长度应该和前两条边的长度相等。

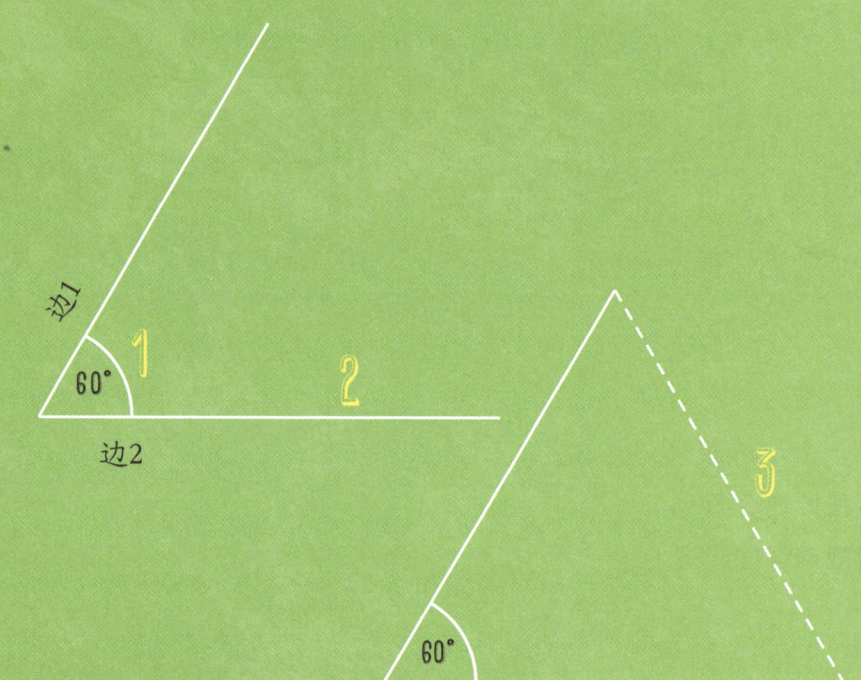

现在就动手画一个等边三角形吧!

圆规法：

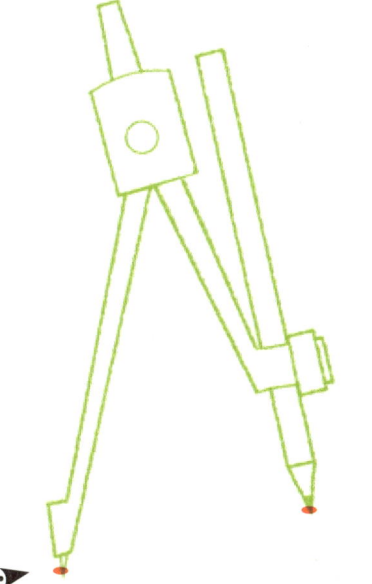
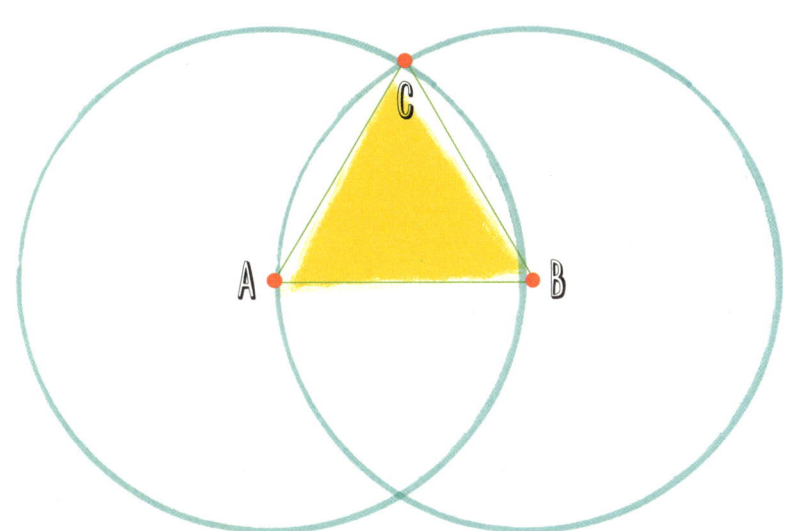

1 首先要设定三角形一条边的长度，然后按照这个长度调整圆规两端的距离。

2 用圆规画一个圆，将圆心标注为A点。

3 在圆周上点一个点，标注为B点。将圆规针尖的一端固定在B点上，再画一个圆，圆周一定要经过A点。

4 找到两个圆的交叉点，标注为C点。用直尺连接这三个点，就画出了一个等边三角形。

自己动手画一个等边三角形吧！

感受分形

在分形图案中，形状相同的部分会反复缩小、缩小再缩小，永无止境。你可以放大图案的任意一部分，它看起来和放大之前是一模一样的。你可以不断放大，图案就会一直重复下去。

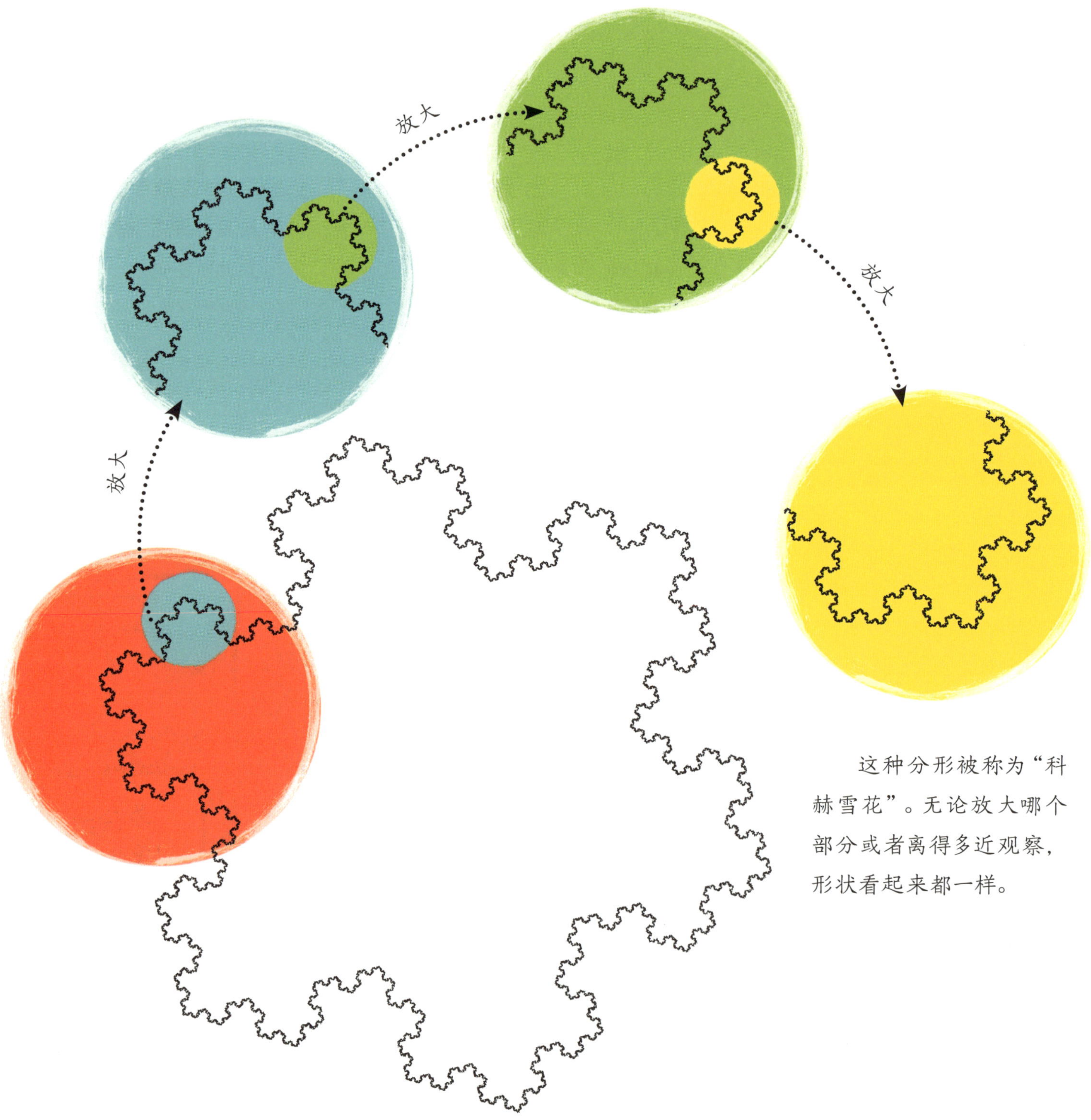

这种分形被称为"科赫雪花"。无论放大哪个部分或者离得多近观察，形状看起来都一样。

画一片科赫雪花

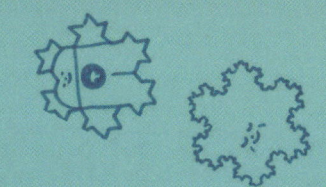

1 画一个等边三角形（画法见第21页）。可以用第2页上的60°角度裁片帮忙。

2 在三角形每条边的中间位置画一个更小的等边三角形，形成一个六角星。

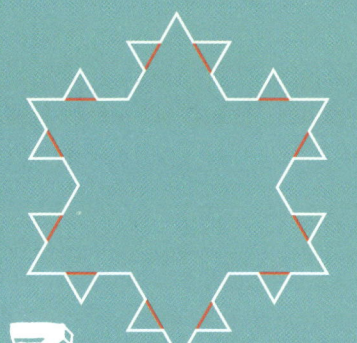

3 在每个三角形每条边的中间位置画一个更小的等边三角形。

4 不断在每个三角形每条边的中间位置画更小的等边三角形。就这样画下去，分形永无止境！

试着画一个分形图案吧！

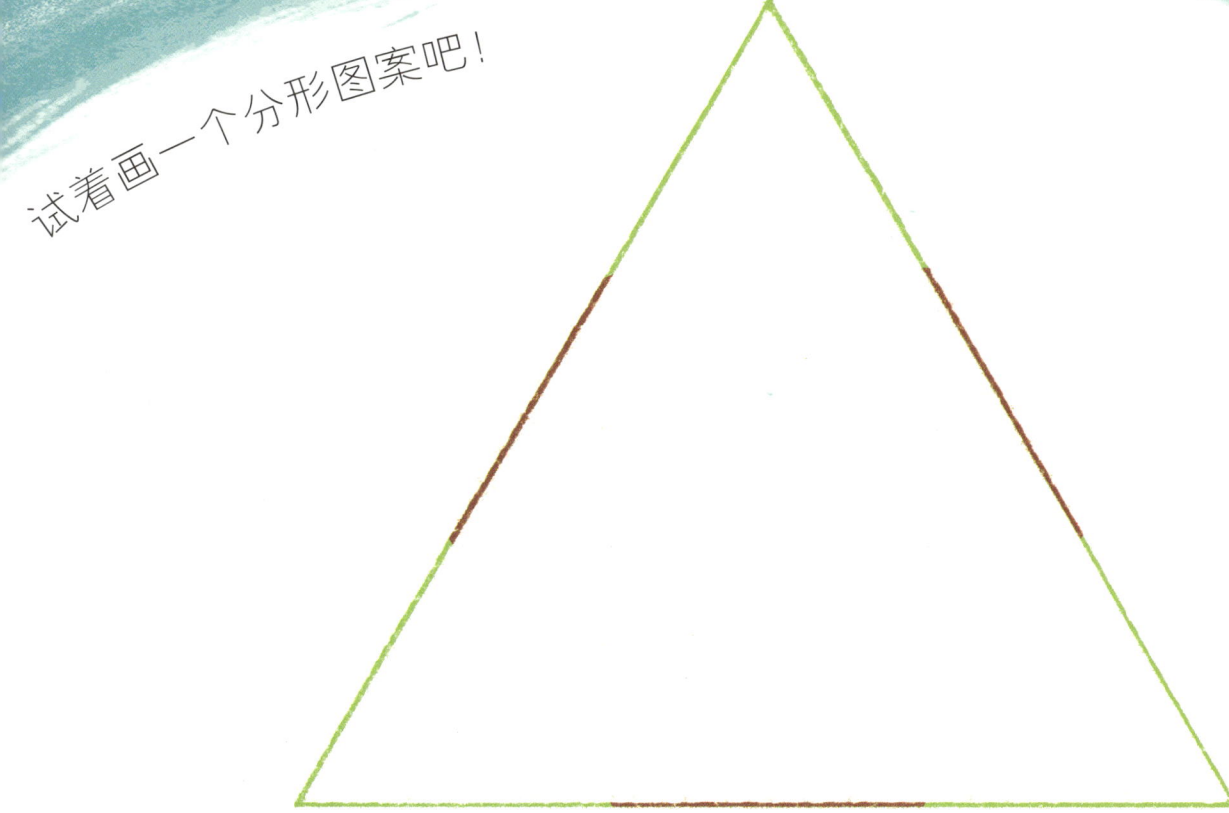

谢尔宾斯基三角形
一种非雪花状的分形

1 画一个正立的大三角形。

2 在大三角形里面,画一个倒立的三角形,每个顶点都要和大三角形每条边的中点重合。

3 在每个正立的三角形里,都画一个倒立的三角形,直到画不下更小的三角形为止。

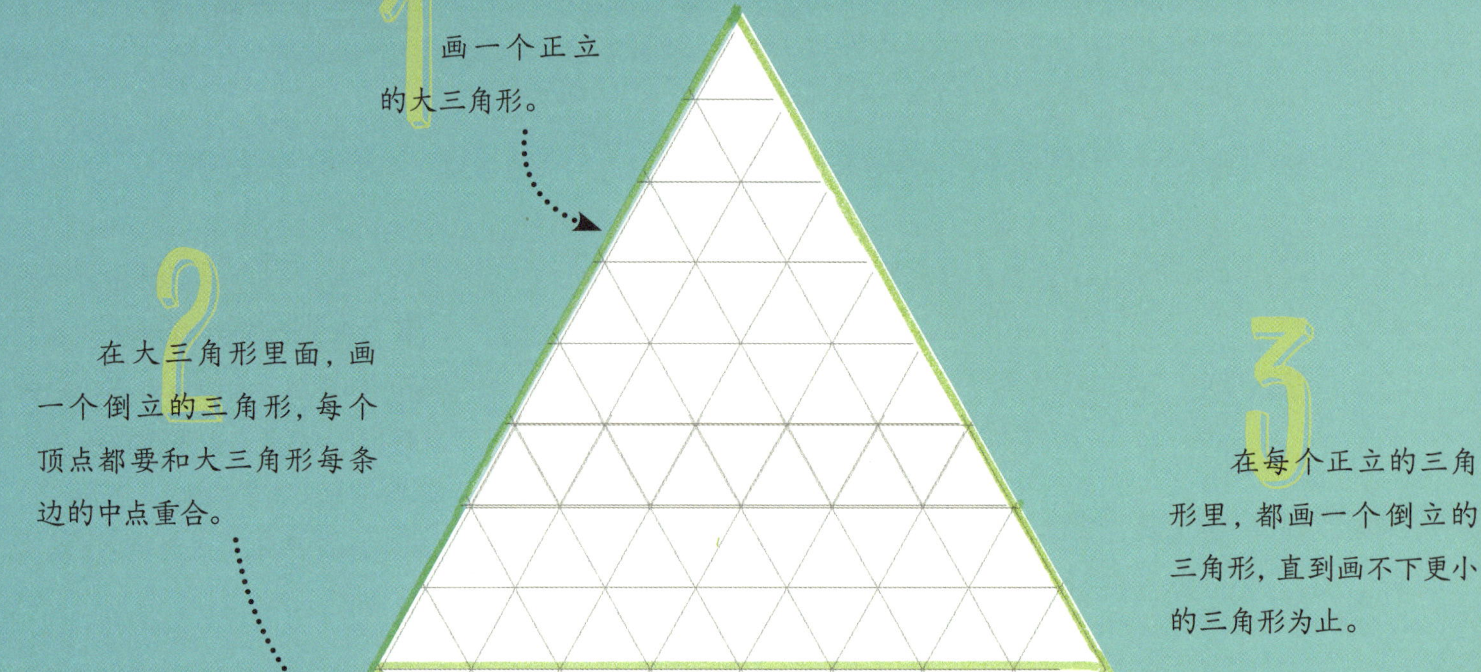

这个图案真酷呀!

谢尔宾斯基三角形还没画够?可以用书后的三角形网格纸继续画。

谢尔宾斯基三角形分形树

这些谢尔宾斯基三角形看起来像小树。在空白处画上几棵分形树,给它们涂上颜色。再画几片科赫雪花,创造出一片大雪中的数学森林吧。

可以给正立的和倒立的三角形分别涂上不同的颜色。

帕斯卡三角形

试一试用数字来组成三角形!

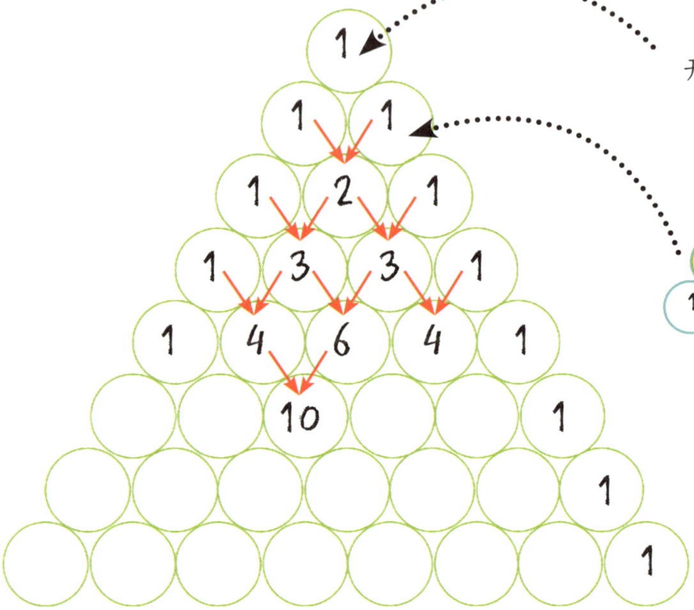

帕斯卡三角形都是从顶端的数1开始的。第二排是两个1。

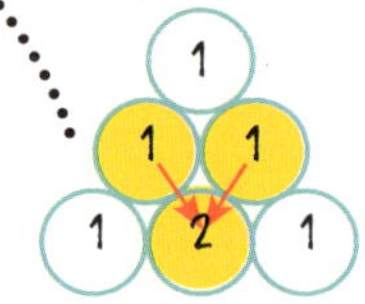

之后填上的每个数都是上方两个数的和,每一行左右两端的数除外。左右两端的数一直是1。

根据这个规律,填上剩下的数。

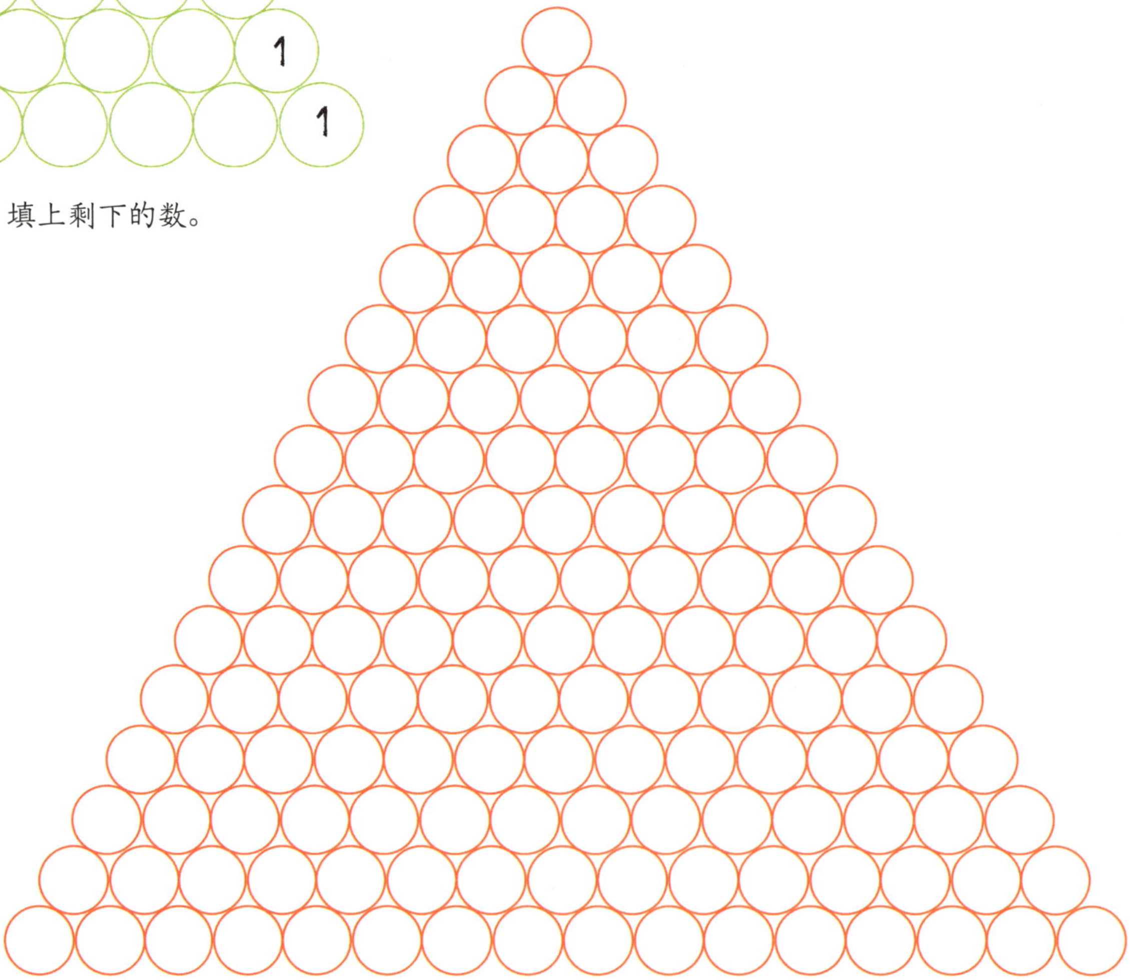

给偶数涂上一种颜色,给奇数涂上另一种颜色,看看会出现什么图案。这个图案看起来是不是很眼熟?

画一个帕斯卡三角形

这个三角形里的数,都已经帮你填好了。
试试给4和6的倍数涂上颜色,看看会出现什么图案。

给6的倍数涂上颜色,涂到第17行。

给4的倍数涂上颜色,涂到第24行。

十四巧板

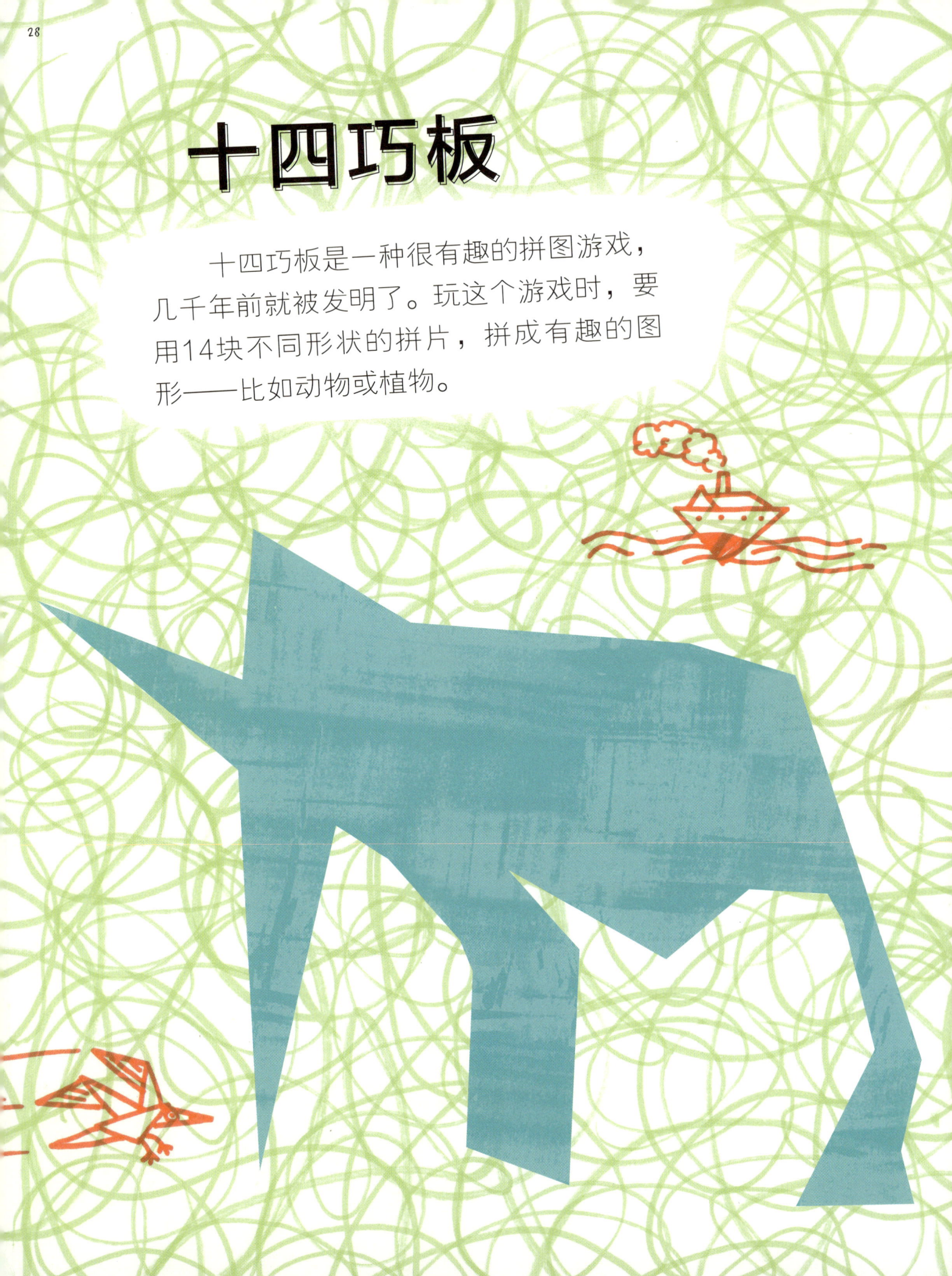

十四巧板是一种很有趣的拼图游戏，几千年前就被发明了。玩这个游戏时，要用14块不同形状的拼片，拼成有趣的图形——比如动物或植物。

下面这些就是构成十四巧板的14块拼片。

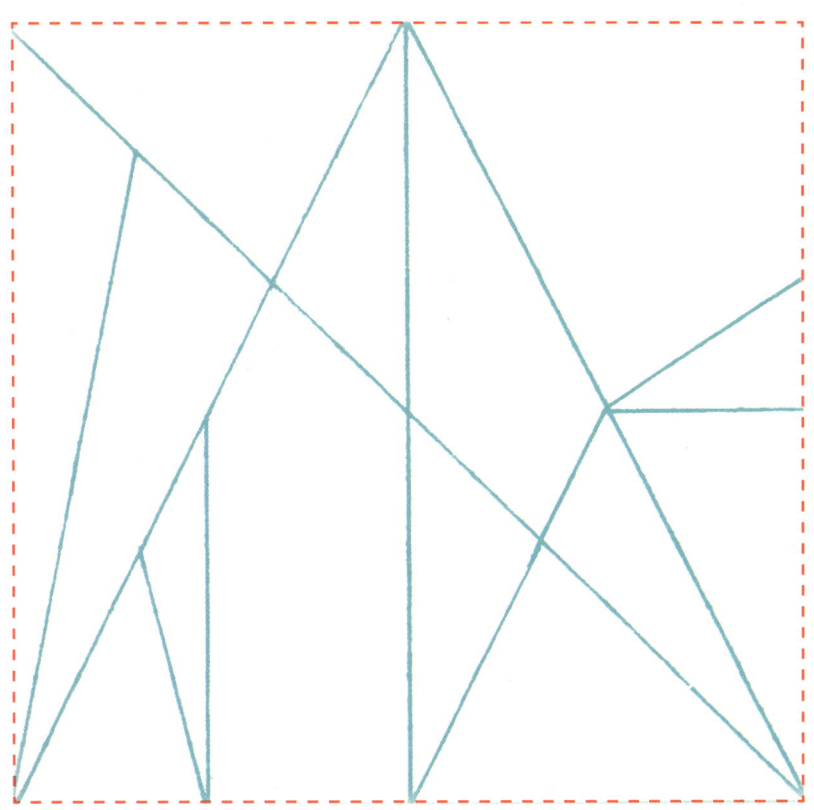

把这些拼片描在一张纸上，然后剪下来。看看你能不能用它们拼出蓝色的大象和红色的兔子。

制作十四巧板拼图

用拼片在下面的空白处拼出你喜欢的形状。然后沿着形状的外轮廓把它描下来。再把描下来的形状装饰一下。大功告成！

用十四巧板拼出正方形或三角形，方法越多越好。

画出完美的六边形

六边形有六条边和六个角。在完美的六边形中,每条边和每个角都是相等的。完美的六边形有两种画法:

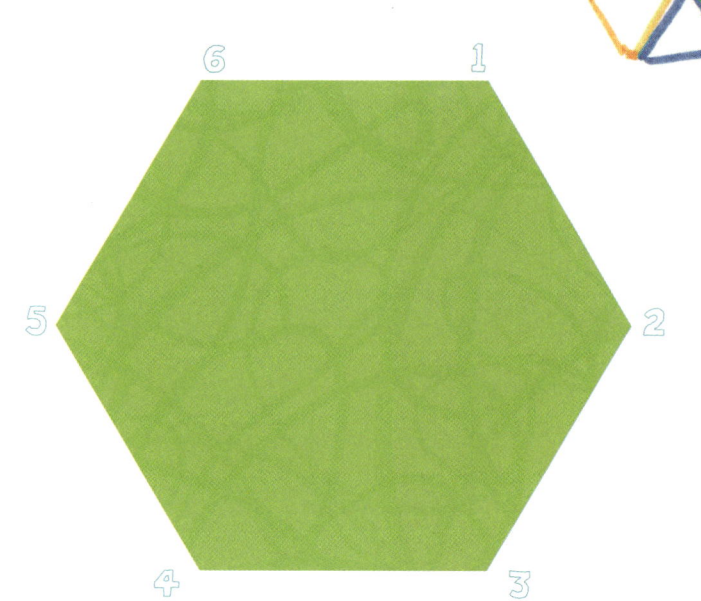

三角形画法

1. 画一个等边三角形(翻到第21页,学习画法)。

2. 画出第二个等边三角形,与第一个等边三角形共用一条边。

3. 画出第三个等边三角形,与第二个等边三角形共用一条边。

4. 在前三个等边三角形的下方,再画出三个等边三角形。

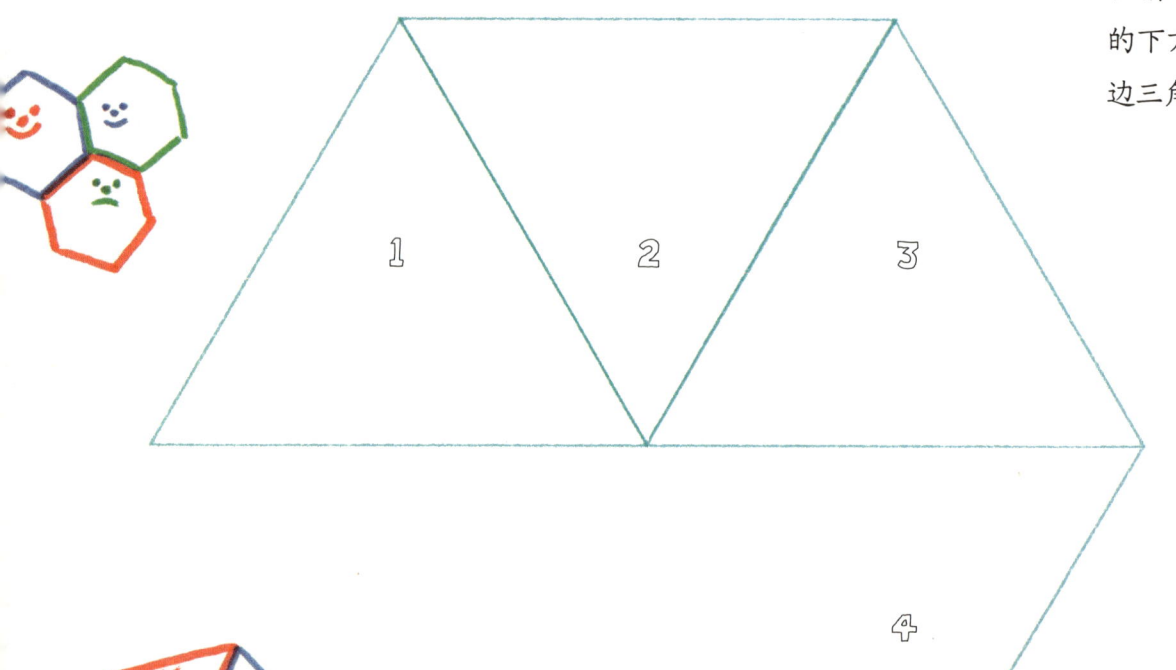

圆形画法

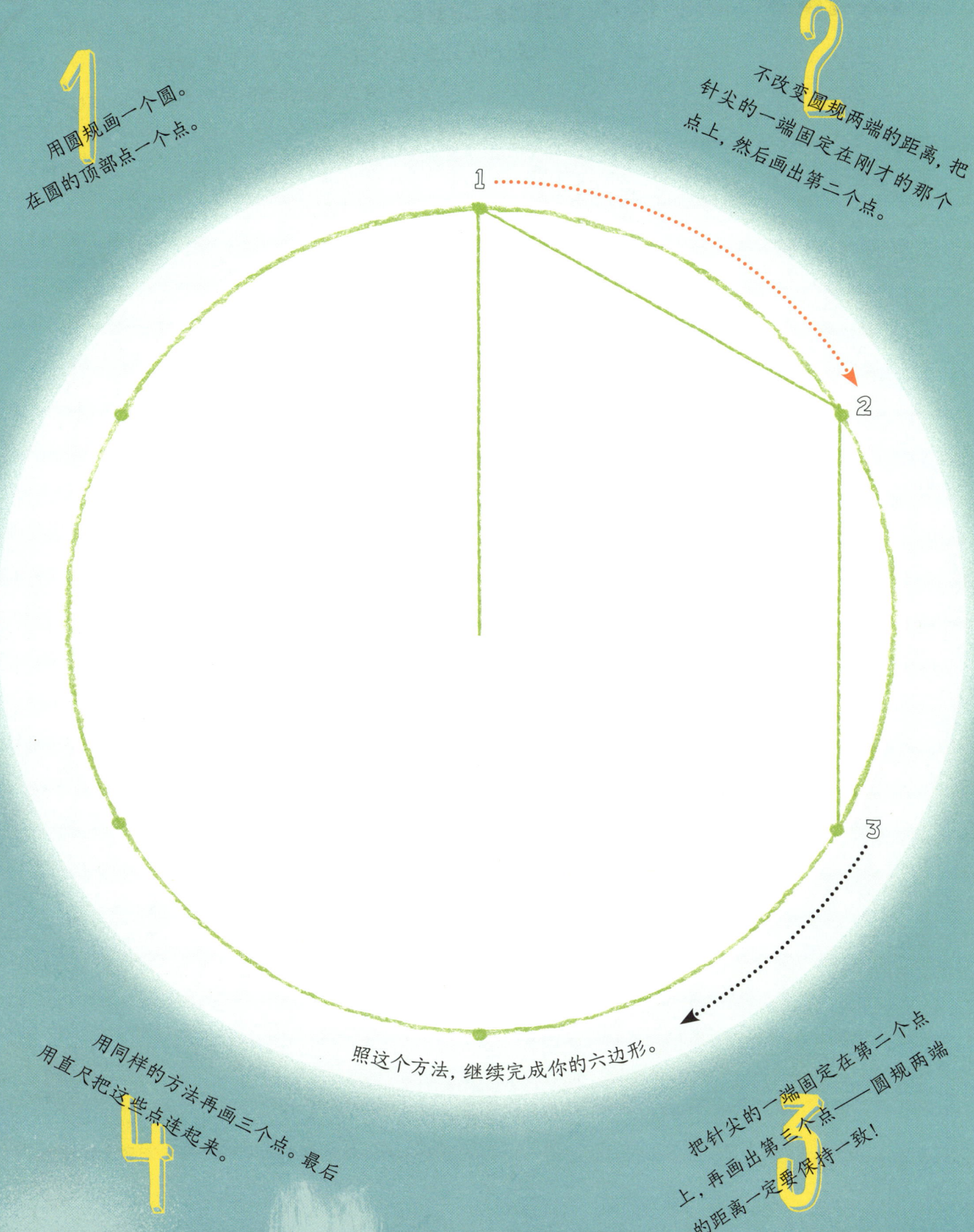

1. 用圆规画一个圆。在圆的顶部点一个点。

2. 不改变圆规两端的距离,把针尖的一端固定在刚才的那个点上,然后画出第二个点。

3. 把针尖的一端固定在第二个点上,再画出第三个点——圆规两端的距离一定要保持一致!

照这个方法,继续完成你的六边形。

4. 用同样的方法再画三个点。最后用直尺把这些点连起来。

绘制镶嵌图案

镶嵌图案看起来非常漂亮。可以用各种平面图形拼成图案,图形之间没有缝隙,也没有重叠。可以用直尺、剪下来的角度裁片或量角器完成这些镶嵌图案。

三角形+六边形　　　　继续画!

快来动手绘制你自己的镶嵌图案吧!可以使用书后的空白纸。

正方形+三角形　继续画!

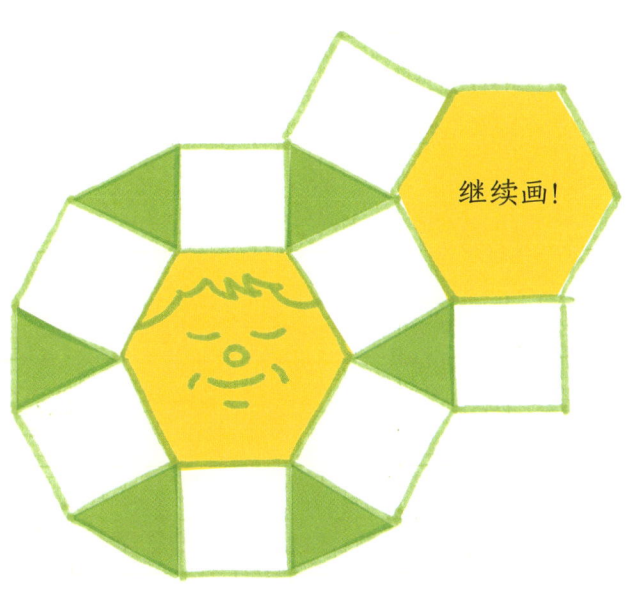

正方形+三角形+六边形

形状不规则的镶嵌图案

镶嵌图案不一定都要用完美的图形来制作。拼图中的拼片就不是正方形的,但它们也可以镶嵌在一起!试着通过剪裁和拼贴,把一个正方形变成你自己的镶嵌图案拼片吧。

根据自己的喜好把拼片装饰一下。

1. 在空白纸上把这个正方形描下来,然后剪下来,再按图示画线。

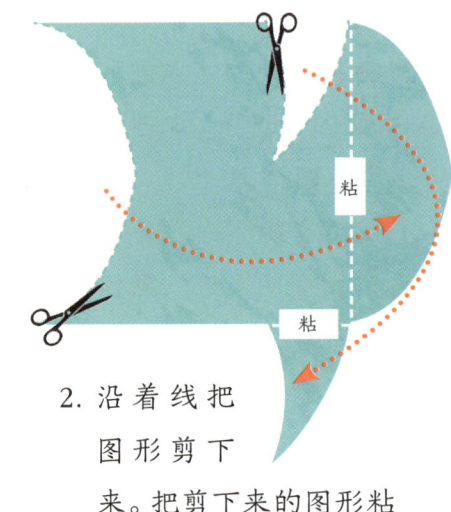

2. 沿着线把图形剪下来。把剪下来的图形粘在正方形的另一边。

3. 拼片做好了!用它来描图,绘制你自己的镶嵌图案吧。

继续完成这个图案!

用做好的拼片来描图,让你的镶嵌图案占满整个页面。

再试试这幅画

跟上一页的方法一样,通过剪裁和拼贴制作一个拼片,然后用拼片来描图,继续完成下面的图案。

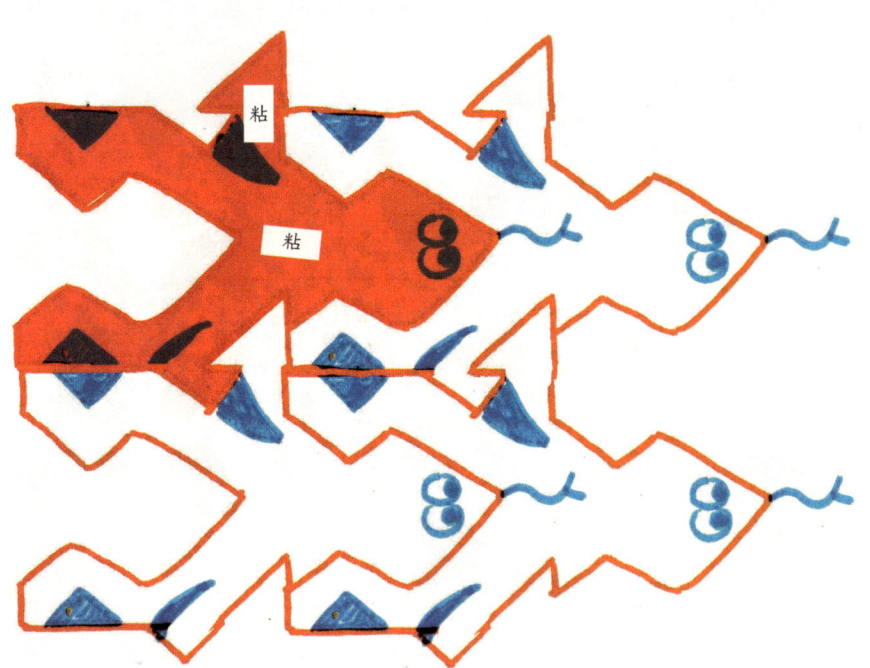

用书后的空白纸设计和剪裁你自己的镶嵌图案拼片,用做好的拼片在这里描图。

平移变形

小贴士:
画一个简单的起始形状……

继续完成这个设计, 或者自己创造一个变形图案。

看看这组图形在从左到右平移的过程中是怎样变化的? 一开始是简单的镶嵌图案, 后来渐渐变得不一样了!

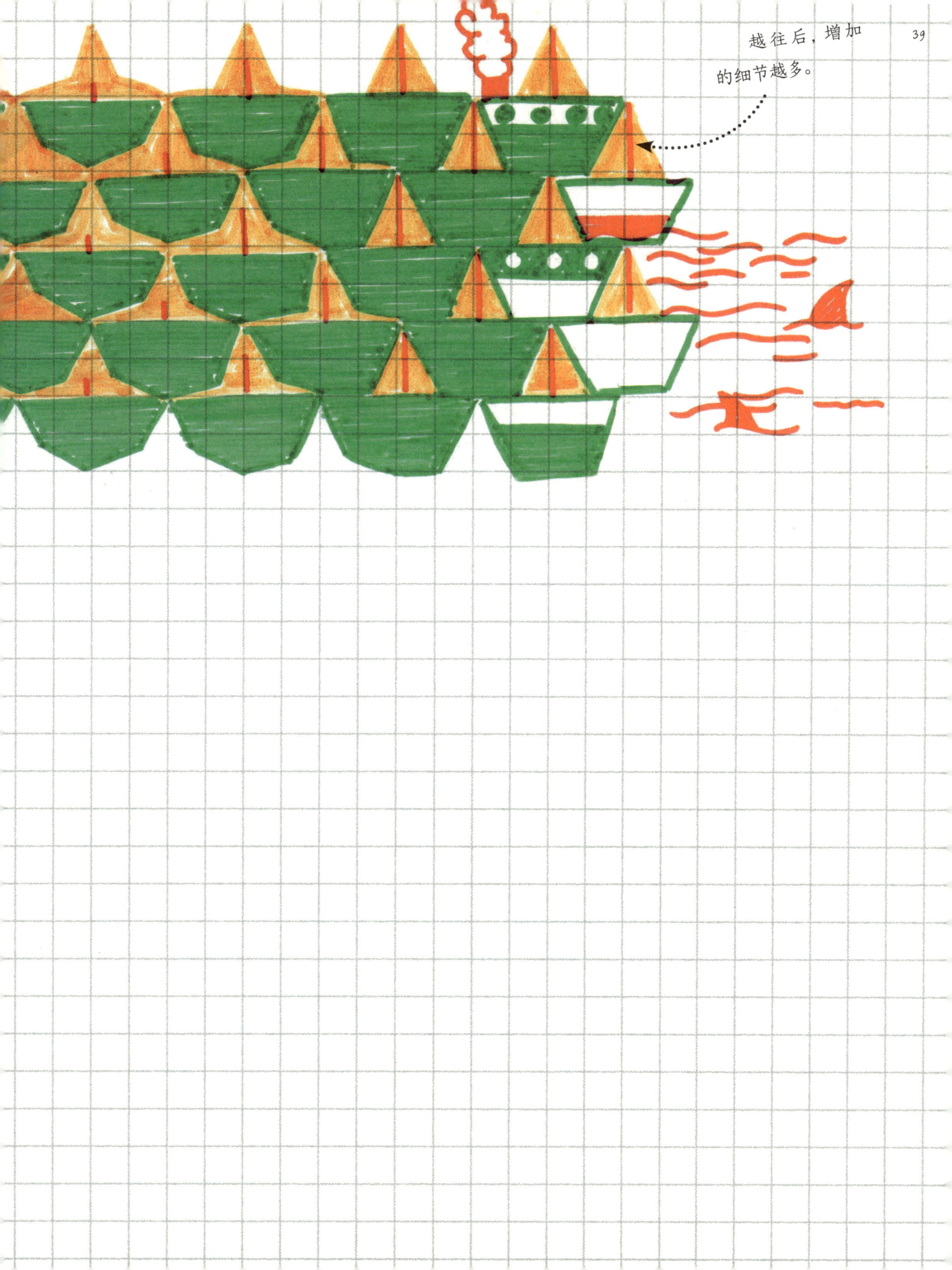

旋转海豹

现在来制作一幅会旋转的镶嵌画吧!

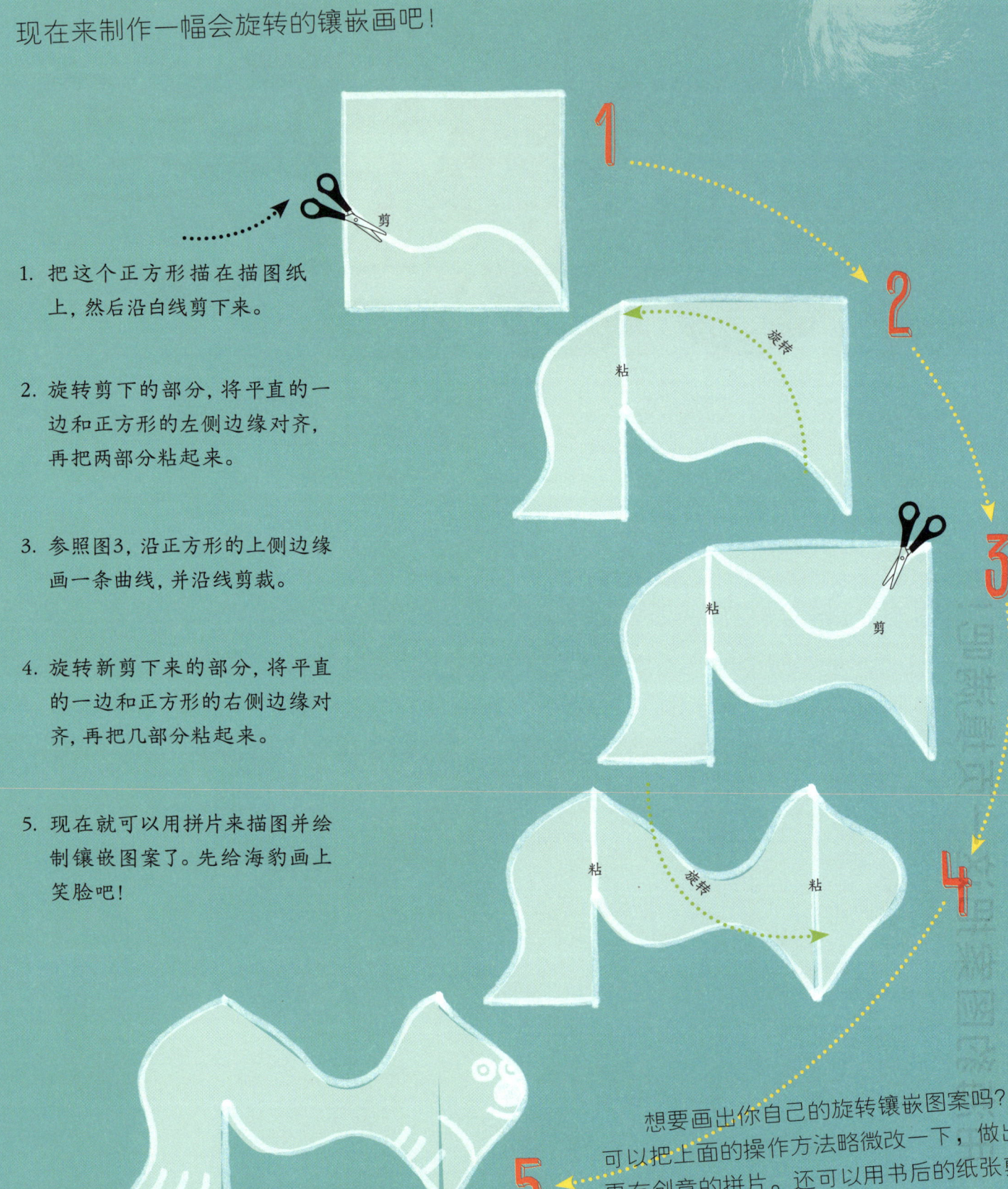

1. 把这个正方形描在描图纸上,然后沿白线剪下来。

2. 旋转剪下的部分,将平直的一边和正方形的左侧边缘对齐,再把两部分粘起来。

3. 参照图3,沿正方形的上侧边缘画一条曲线,并沿线剪裁。

4. 旋转新剪下来的部分,将平直的一边和正方形的右侧边缘对齐,再把几部分粘起来。

5. 现在就可以用拼片来描图并绘制镶嵌图案了。先给海豹画上笑脸吧!

想要画出你自己的旋转镶嵌图案吗?可以把上面的操作方法略微改一下,做出更有创意的拼片。还可以用书后的纸张剪裁、绘制你的镶嵌图案。

用海豹图案把这一页填满吧!

用数字作画

当你把数字填进网格时,它们会形成图案。看看2的倍数是如何形成垂直条纹,3的倍数是如何形成斜条纹的。再试着给4的倍数涂上颜色吧。

1	2	3	4	5	6	7	8	9	10
11	12	13	14	15	16	17	18	19	20
21	22	23	24	25	26	27	28	29	30
31	32	33	34	35	36	37	38	39	40
41	42	43	44	45	46	47	48	49	50
51	52	53	54	55	56	57	58	59	60
61	62	63	64	65	66	67	68	69	70
71	72	73	74	75	76	77	78	79	80
81	82	83	84	85	86	87	88	89	90
91	92	93	94	95	96	97	98	99	100

当你给7、9和11的倍数涂上颜色时,图案会变得更加奇特。再试试给其他数的倍数涂上颜色,看看会得到什么样的图案。

1	2	3	4	5	6	7	8	9	10
11	12	13	14	15	16	17	18	19	20
21	22	23	24	25	26	27	28	29	30
31	32	33	34	35	36	37	38	39	40
41	42	43	44	45	46	47	48	49	50
51	52	53	54	55	56	57	58	59	60
61	62	63	64	65	66	67	68	69	70
71	72	73	74	75	76	77	78	79	80
81	82	83	84	85	86	87	88	89	90
91	92	93	94	95	96	97	98	99	100

9×9

1	2	3	4	5	6	7	8	9
10	11	12	13	14	15	16	17	18
19	20	21	22	23	24	25	26	27
28	29	30	31	32	33	34	35	36
37	38	39	40	41	42	43	44	45
46	47	48	49	50	51	52	53	54
55	56	57	58	59	60	61	62	63
64	65	66	67	68	69	70	71	72
73	74	75	76	77	78	79	80	81

7×7

1	2	3	4	5	6	7
8	9	10	11	12	13	14
15	16	17	18	19	20	21
22	23	24	25	26	27	28
29	30	31	32	33	34	35
36	37	38	39	40	41	42
43	44	45	46	47	48	49

1	2	3	4	5	6	7	8	9	10	11	12
13	14	15	16	17	18	19	20	21	22	23	24
25	26	27	28	29	30	31	32	33	34	35	36
37	38	39	40	41	42	43	44	45	46	47	48
49	50	51	52	53	54	55	56	57	58	59	60
61	62	63	64	65	66	67	68	69	70	71	72
73	74	75	76	77	78	79	80	81	82	83	84
85	86	87	88	89	90	91	92	93	94	95	96
97	98	99	100	101	102	103	104	105	106	107	108
109	110	111	112	113	114	115	116	117	118	119	120
121	122	123	124	125	126	127	128	129	130	131	132
133	134	135	136	137	138	139	140	141	142	143	144

12×12

用不同大小的网格涂色时，图案会变得更加有趣。试试在7×7、9×9和12×12的网格里，给某一个数的倍数涂上颜色，比如分别给2的倍数涂颜色，会得到相同的图案吗？给其他数的倍数涂颜色时呢？

可以使用书后的网格纸来制作你自己的数字网格。

螺旋循环线

我们可以利用数的变化规律，在小方格上画出奇特的螺旋循环线。
它看上去很像贪吃蛇游戏中，贪吃蛇走过的足迹。

1 首先，挑选三个数，比如2、3、4。

2 在网格上选定一个点作为起点。

3 开始画螺旋循环线（先向右，再向上，再向左，再向下）。第一条线是2个方格长，第二条线是3个方格长，第三条线是4个方格长，最后一条向下的线又变回2个方格长。

4 按照这个规律继续画，直到回到起点。这样就画出一条2-3-4的螺旋循环线了！

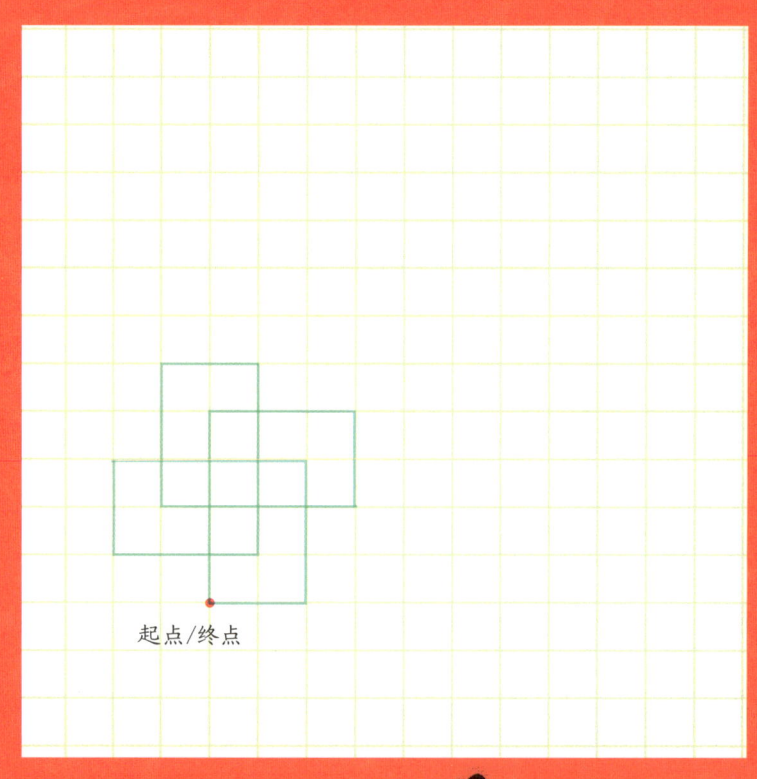

起点/终点

可以给你画出的"贪吃蛇的足迹"涂上颜色。

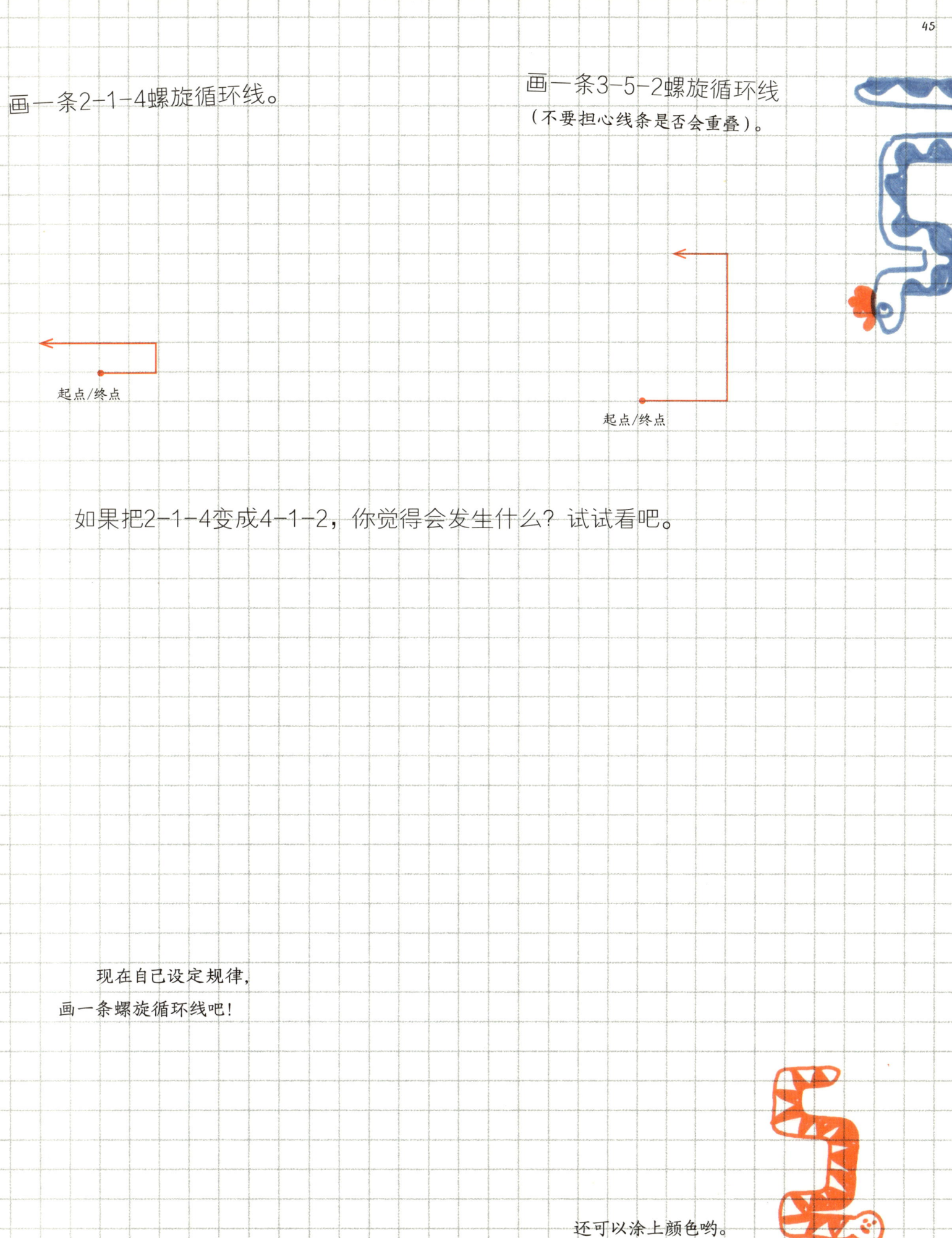

一起来"螺旋循环"吧！

画螺旋循环线不只可以用到三个数……

5-4-3-2的螺旋循环线是什么样的？

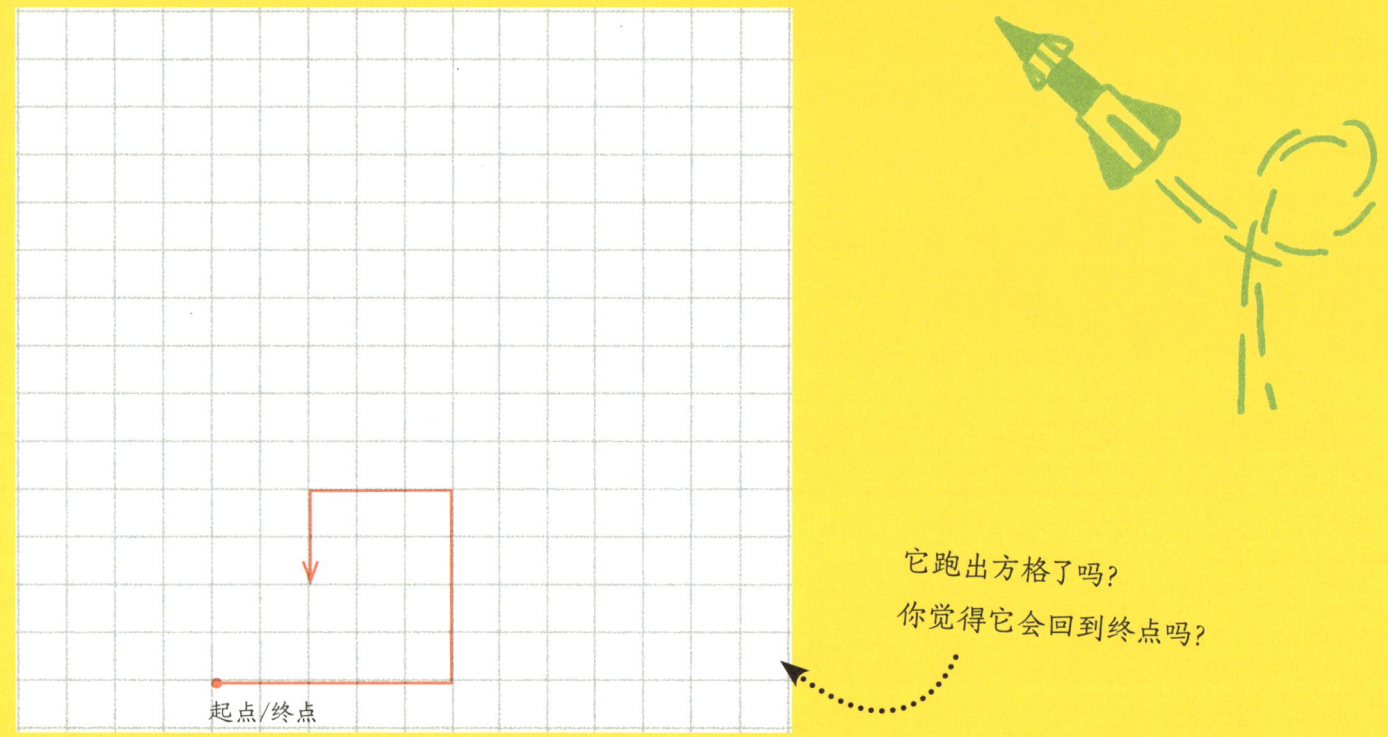

它跑出方格了吗？
你觉得它会回到终点吗？

1-2-3-4-5的螺旋循环线呢？

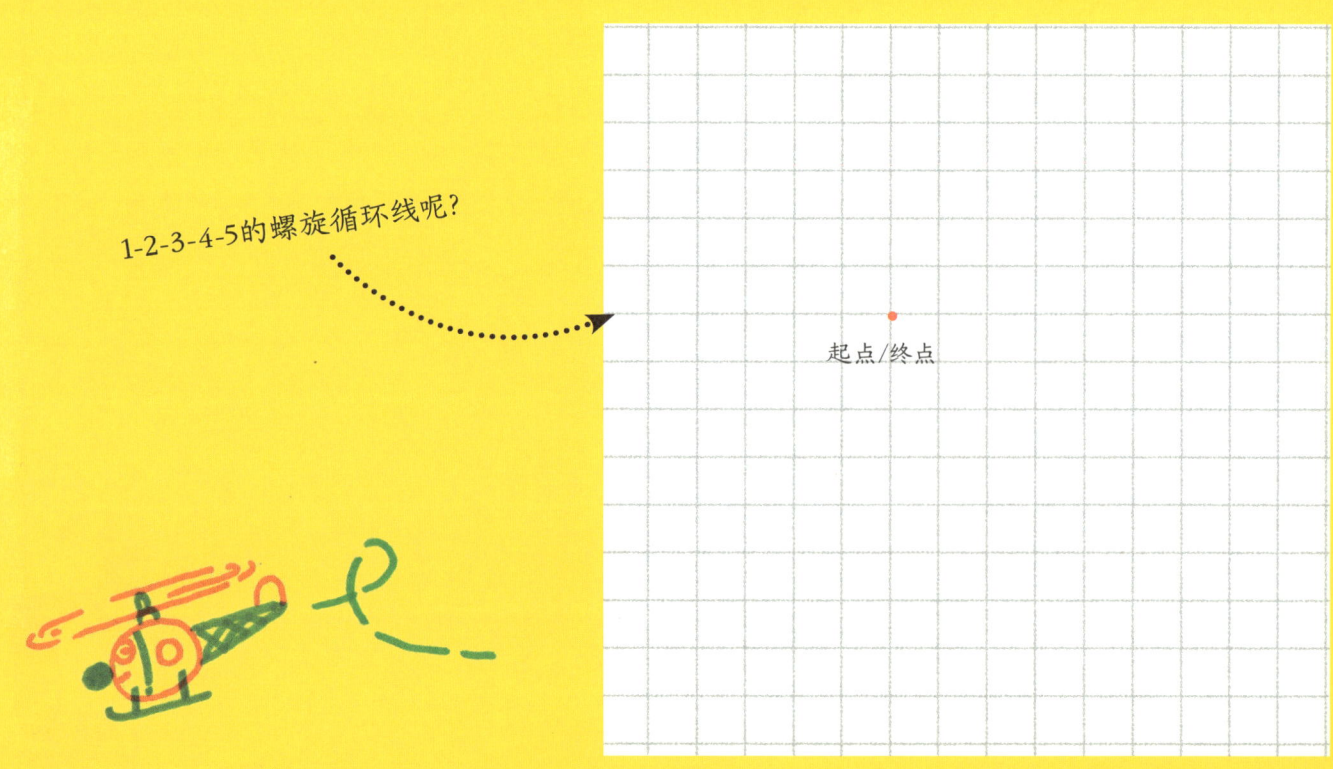

在这里画出你自己的螺旋循环线吧。

黄金螺旋线

　　如果你喜欢画螺旋线，那么还可以利用一种特殊的数学规律来画出完美的螺旋线。你需要用到圆规。

1. 画一个1×1的方格。
2. 在这个方格下方再画一个1×1的方格。
3. 在两个1×1的方格右侧画一个2×2的方格。
4. 在2×2的方格上方画一个3×3的方格。
5. 在左侧画一个5×5的方格。
6. 在下方画一个8×8的方格。
7. 在右侧画一个13×13的方格。

8. 现在，用圆规画一条依次穿过每个方格的曲线。把圆规针尖的一端固定在1号方格右下角的红点上，在方格里画出1/4个圆；在2号方格里继续画1/4个圆。

9. 在3号方格里，把圆规针尖的一端移到灰色的点上，调整圆规两端的距离，让铅笔的一端落在方格的右上角，画出曲线。

10. 按照数字编号，继续在4~7号方格中画出曲线，每经过一个方格，都要移动和调整圆规的位置。

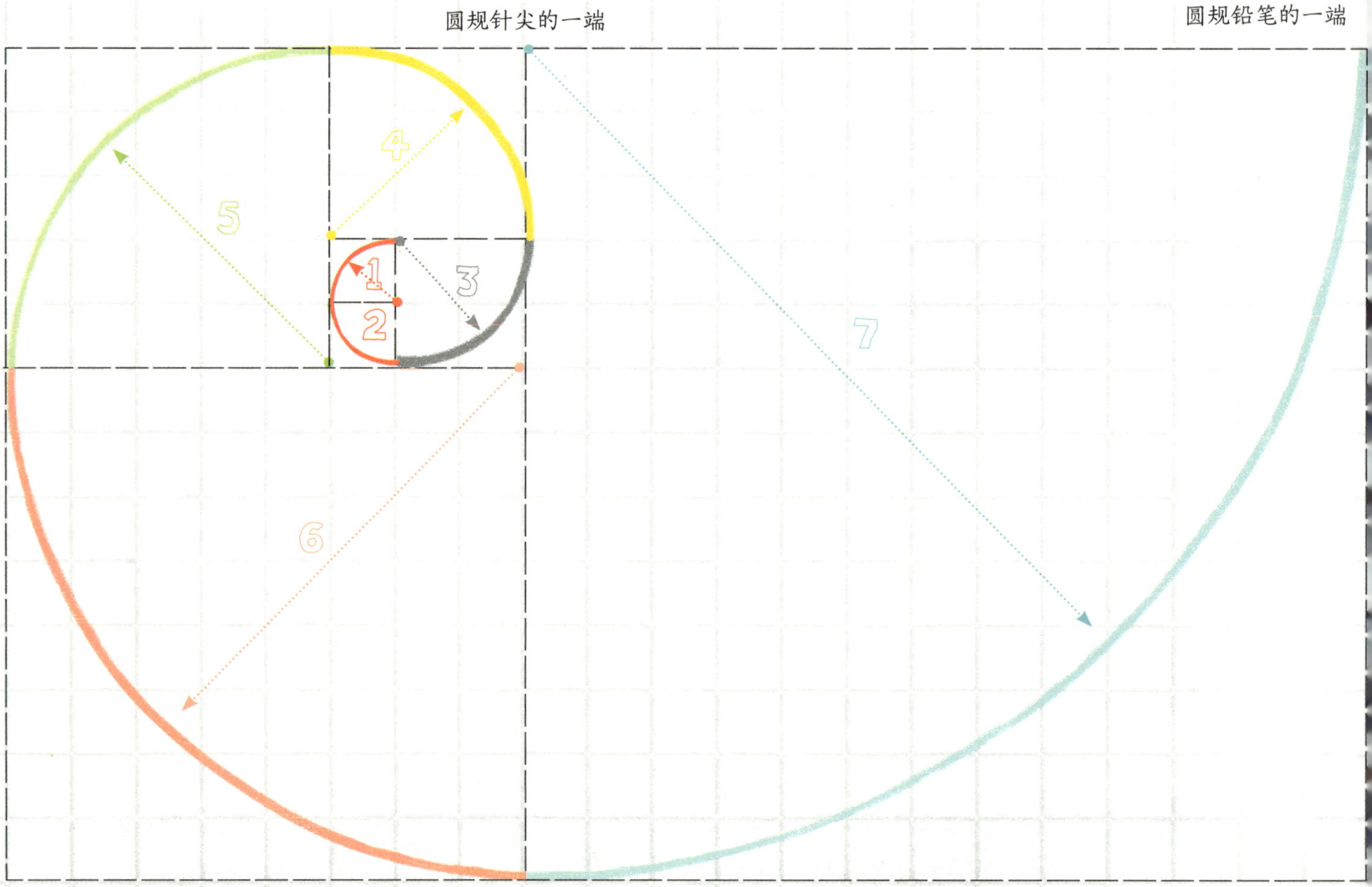

圆规针尖的一端　　　　　　　　　　圆规铅笔的一端

在这里画出你自己的
黄金螺旋线

每个方格里都包含1/4个圆。

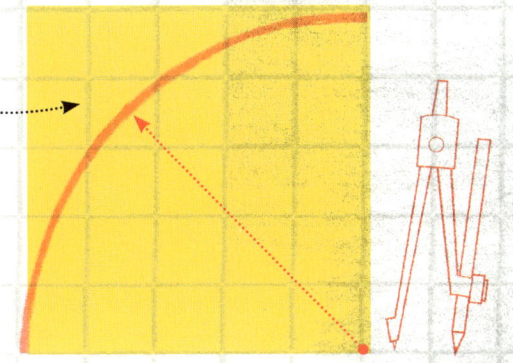

将长方形分割成正方形

这里有一个谜题，它不仅解答起来很有趣，还能创造出漂亮的美术作品。

把每个长方形分割成数量最少的正方形。被分割成的正方形大小可以不同，但要将长方形全部分割完。

试试这个！

你能找出6个正方形吗？

这个长方形已经被分割成数量最少的正方形——3个正方形。

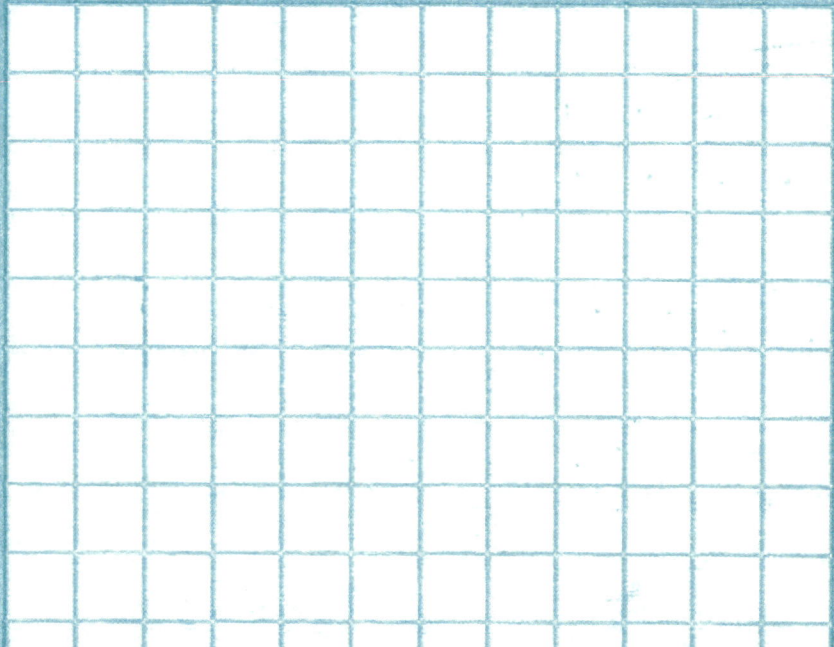

给它们涂上好看的颜色吧。

你能找出6个正方形吗？

如果一开始就用正方形来分割，这个谜题也很有趣。

把这个正方形分割成数量最少的正方形。
（注：被分割成的正方形大小可以不同，但要将大正方形全部分割完。）

挑战

你能分割得比10个更少吗？

用这个正方形来分割。

试试分割这个正方形！

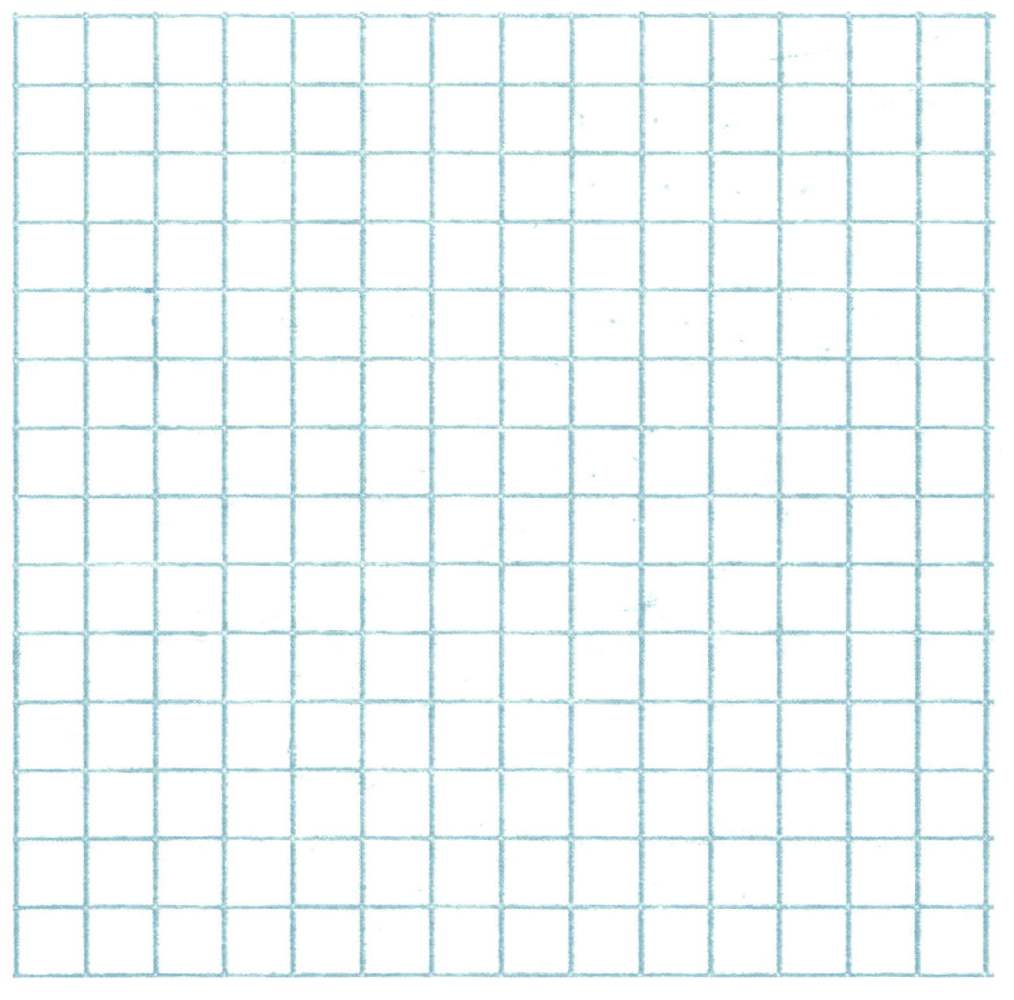

分割某些特定尺寸的正方形和长方形，是不是比分割其他尺寸的更有趣？试试分割更多的图形，可以使用书后的网格纸。

倾斜的艺术

你画了一幅画，从正面看会觉得很正常，一切都合乎比例。但如果倾斜画面后再看呢？似乎看起来就有些奇怪了。在创作变形艺术作品的时候，你会变换角度。变形艺术作品会拉伸画面，如果直接看，会觉得画面很奇怪，但如果从一个新的角度来看，一切就合乎比例了。

看看下面这个像素艺术机器人。它看起来变形了——整个画面都被拉长了。现在试着倾斜页面，把画着眼睛符号的页角（页面左下角）靠近你的眼睛。继续倾斜页面，直到视线与页面水平，这时机器人看起来就正常了，一切都合乎比例。太酷了！

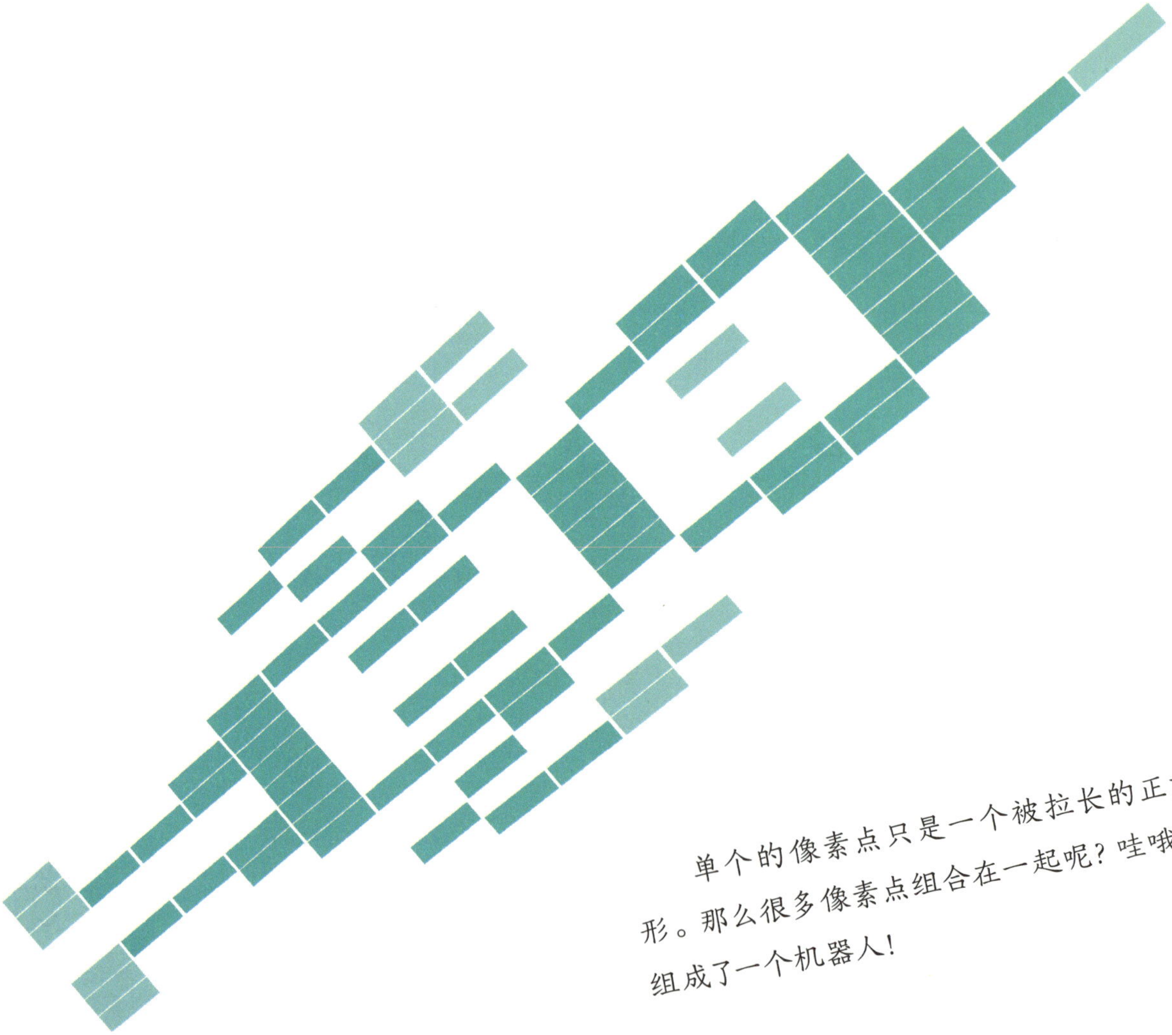

单个的像素点只是一个被拉长的正方形。那么很多像素点组合在一起呢？哇哦，组成了一个机器人！

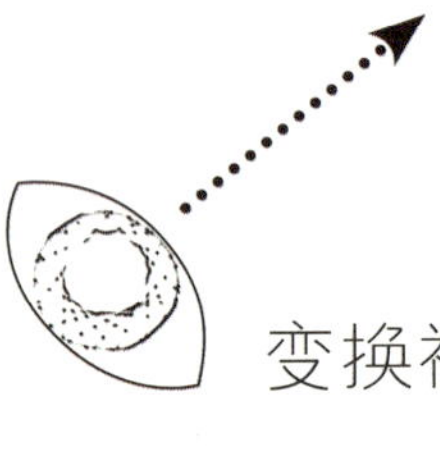

变换视角，蒙上一只眼睛，让页面与视线保持水平，观察变形的画面。

创作变形画

现在来创作你自己的变形像素艺术作品吧。在下面左侧的网格里画一幅像素画,然后把它复制到右侧的变形网格中。数字坐标可以帮助你复制作品哟。

正方形网格上的画面看起来是正常的。复制后,画面看起来就变形了。如果让页面与视线保持水平,它又会恢复正常——恢复成正方形网格上的样子。

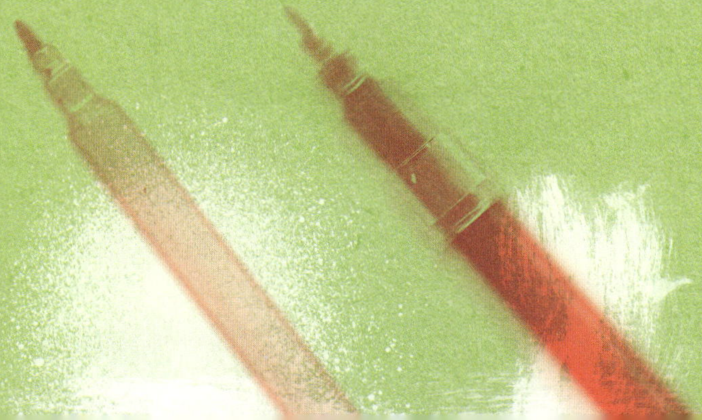

三维艺术

怎样在平面上画出三维效果呢?要用到透视技巧!

1 画一条直线(这条线叫"视平线")。

在中间画一个点。这是"消失点"。

2 在这条线上(让正方形穿过这条线),以及在线的上下方各画一个正方形。

3 用直线连接消失点和正方形的顶点。

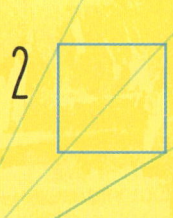

如果正方形在线上,像1号正方形这样,就画两条线。

如果正方形完全在线的上方或下方,像2号和3号正方形这样,就画三条线。

 现在我们来画盒子……

如果画长盒子，需要擦掉一小部分线条。

如果画短盒子，就需要擦掉一大部分线条。

再添加垂直和水平的线条，画完每个盒子。

哇哦，盒子飞起来啦！再多画几个吧！

创作你自己的三维画

当你眺望远方时，远处的物体看起来会变小。一直保持相同距离的线条看起来会相交。但实际上并非如此——它们不会真的随着距离变远而缩小。

你可以利用这些错觉，让平面的画面看上去立体起来。

因为只有一个消失点，这种三维绘画技法被称为"单点透视"。

现在就来试试吧。右侧页面上有几条有用的线，它们可以帮助你起步。

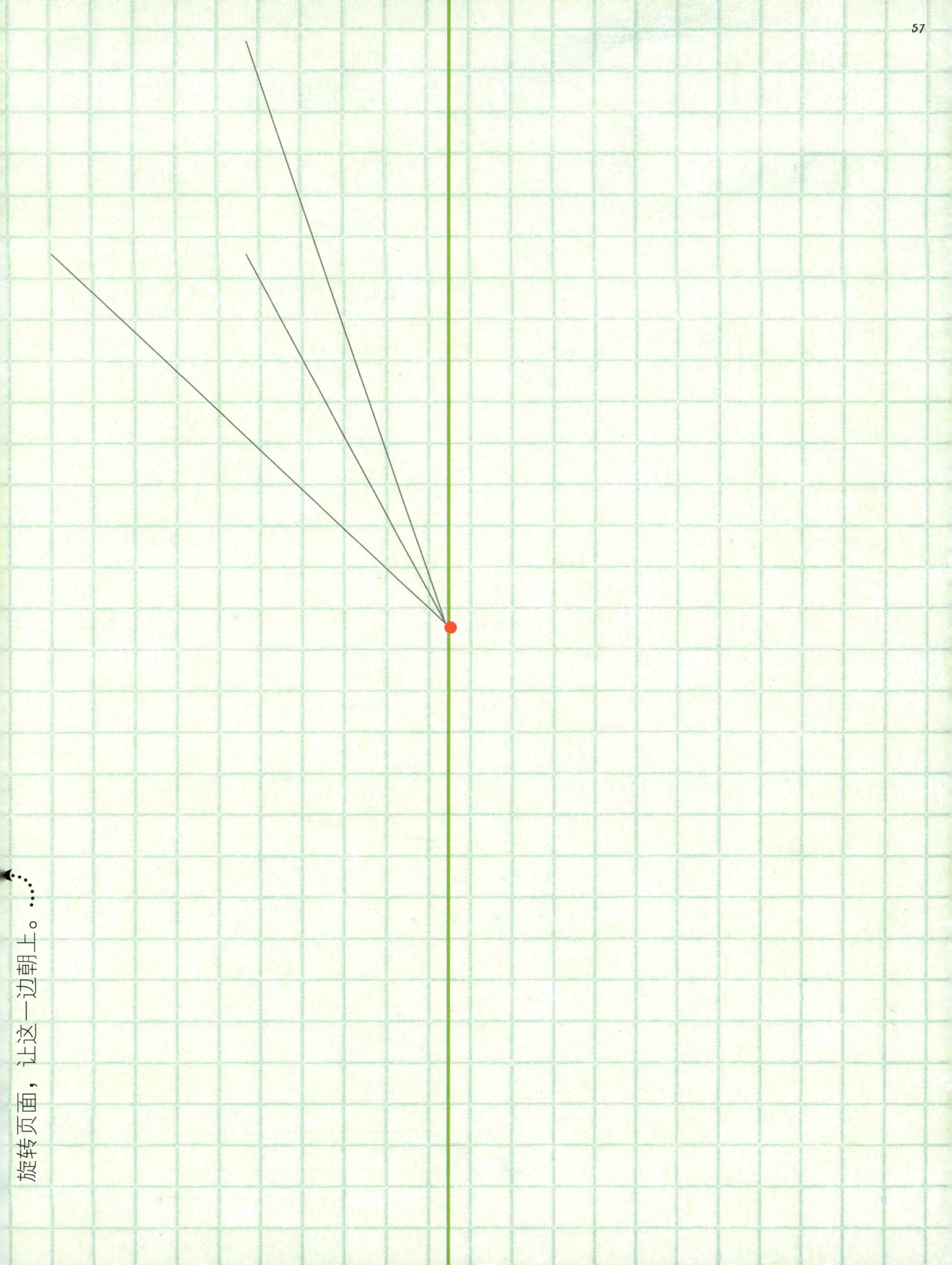

不可思议的三角形

你可以利用透视的错觉效果画出不可思议的三角形。

1 画一个等边三角形。

翻到第18页和第19页，学习具体画法。

2 在第一个三角形里再画一个等边三角形。延长新三角形的各边，让它们相互交叉，并与第一个三角形的边相交。

连接两端

3 在第二个三角形里画第三个三角形，像之前一样延长它的各边。

4 在第一个三角形里描出一个"L"形。然后用黑笔勾出不可思议的三角形的外层轮廓，如图所示。

"L"形

5 旋转三角形，并重复上一步，再画出2个"L"形，然后擦掉多余的线条。

6 再添加一些阴影，就完成了！

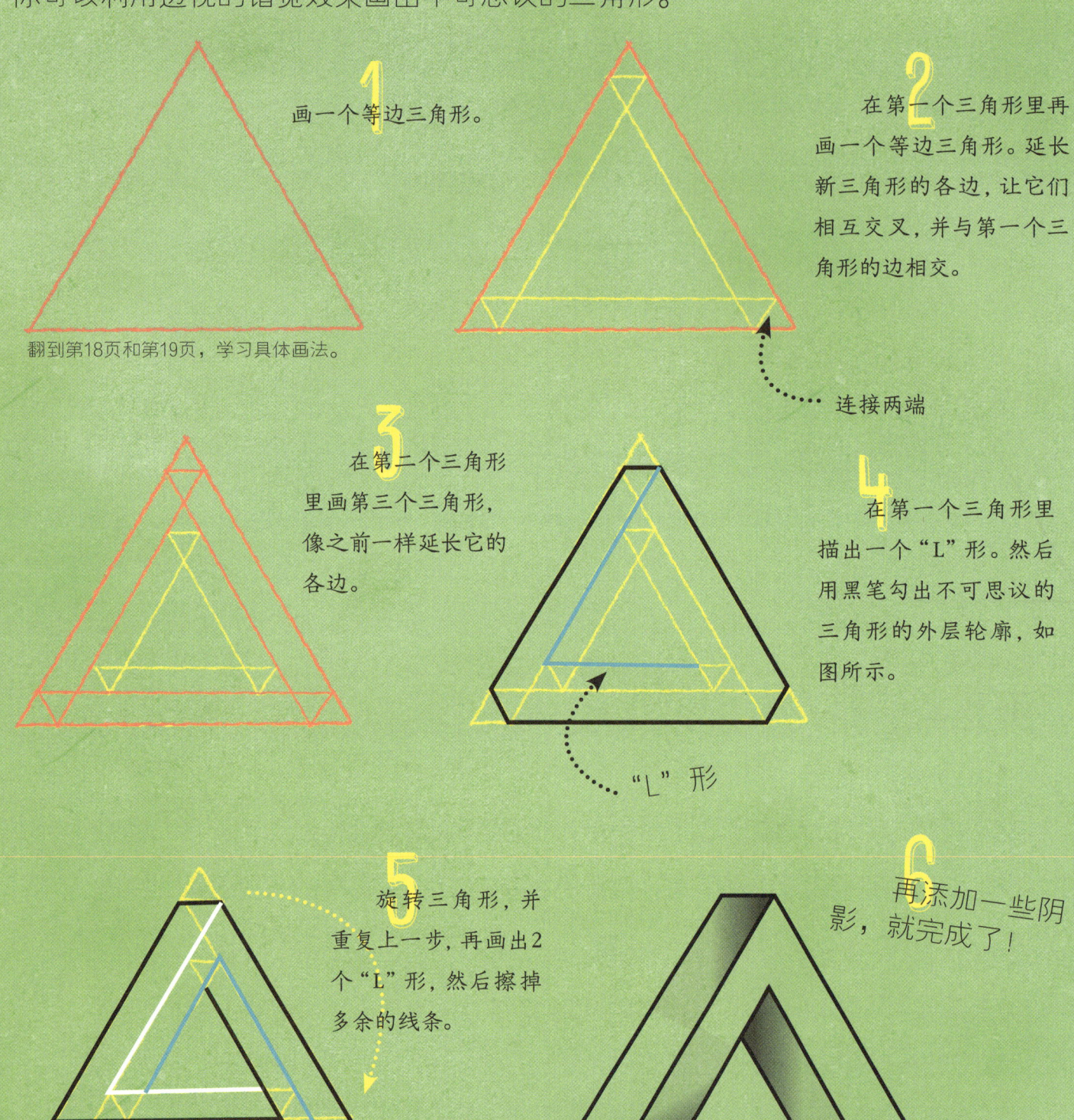

现在就来创造
不可思议的三角形吧!

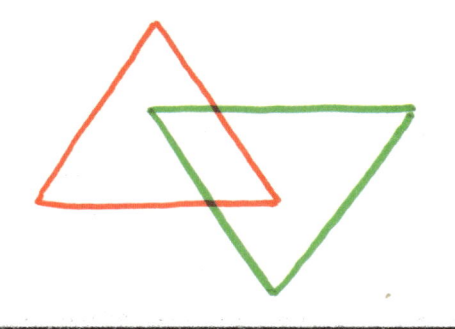

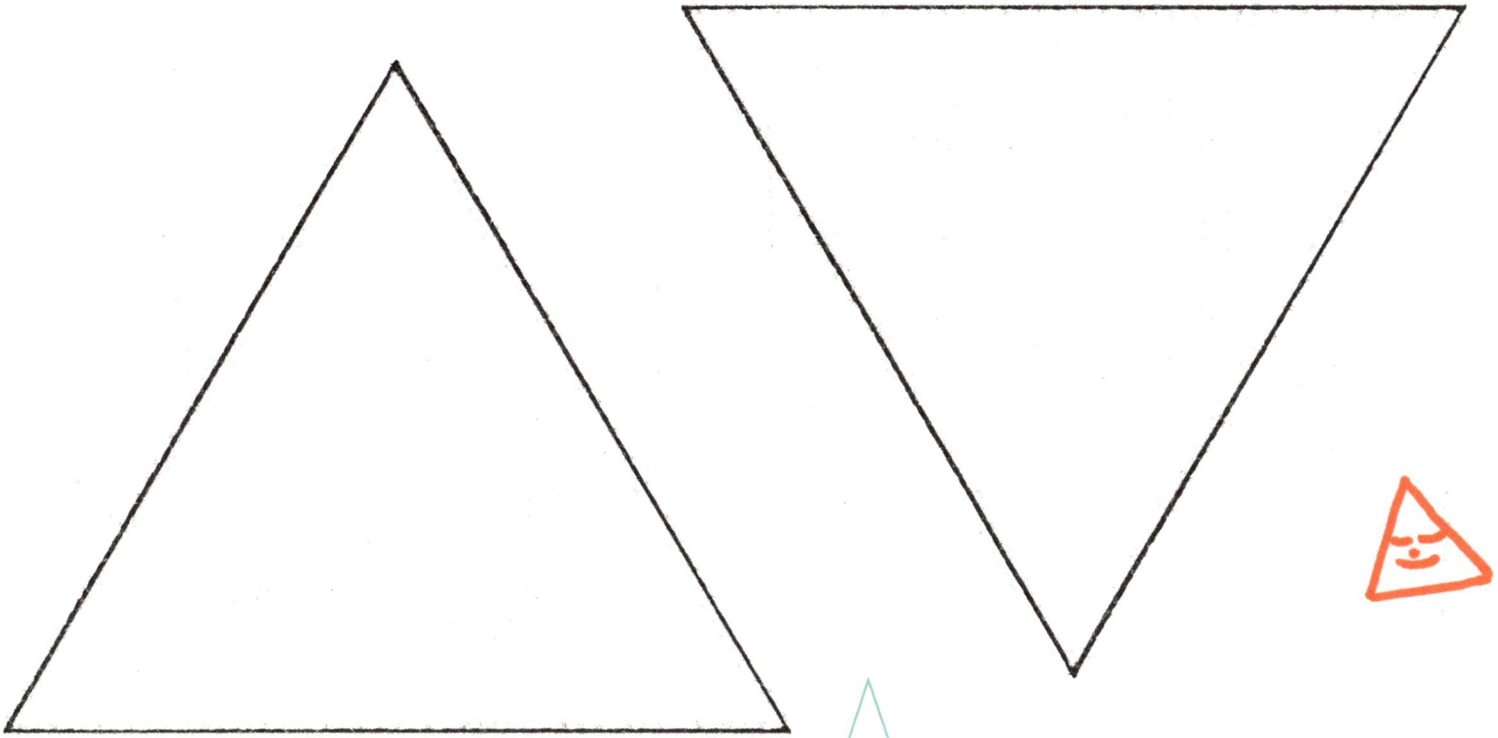

把画法修改一下,再画一个
不可思议的五角星!

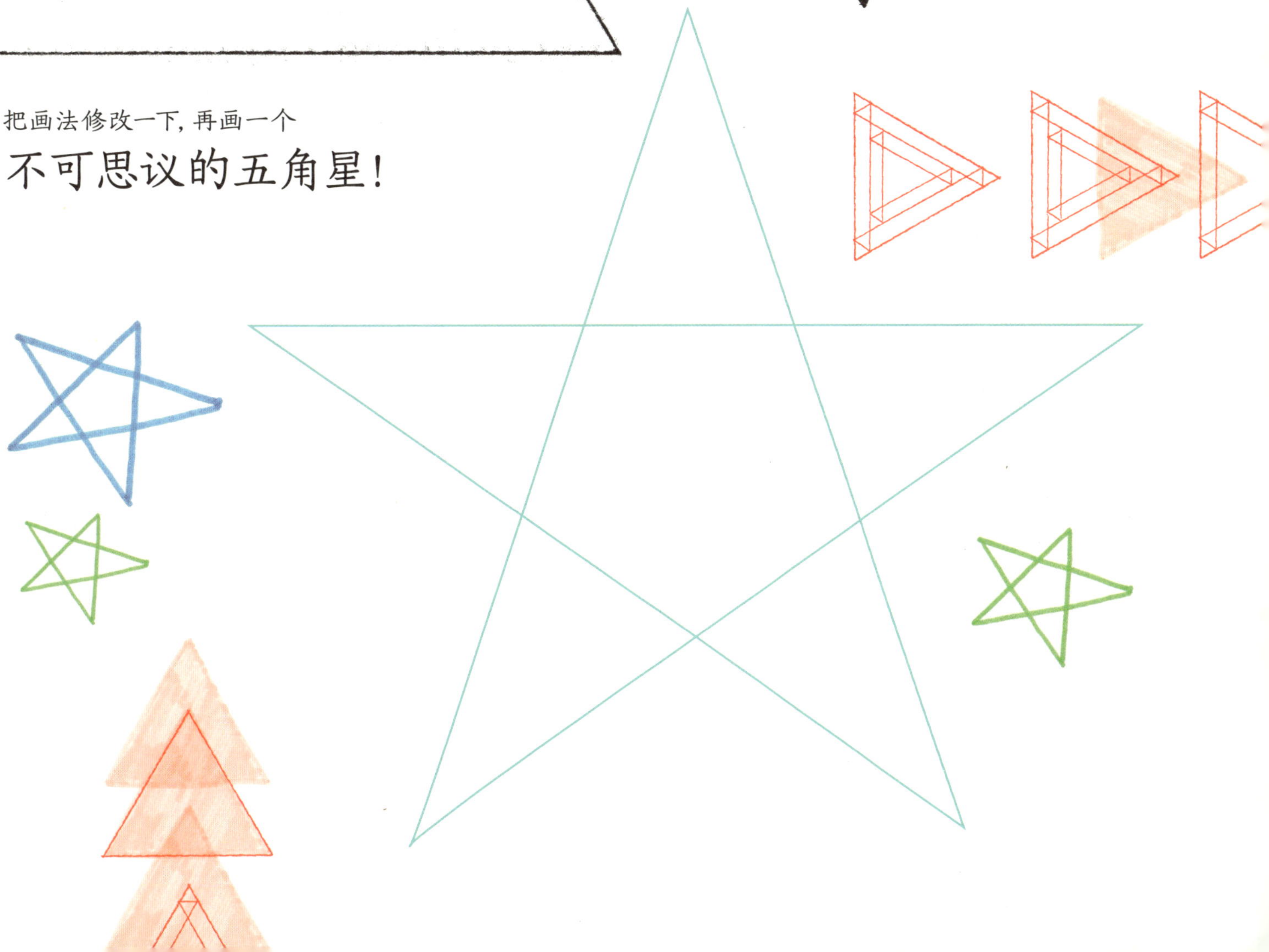

涂色谜题

你能给所有空格涂上颜色,并让任意两个共用一条边的相邻空格颜色各不相同吗?

最多用两种颜色

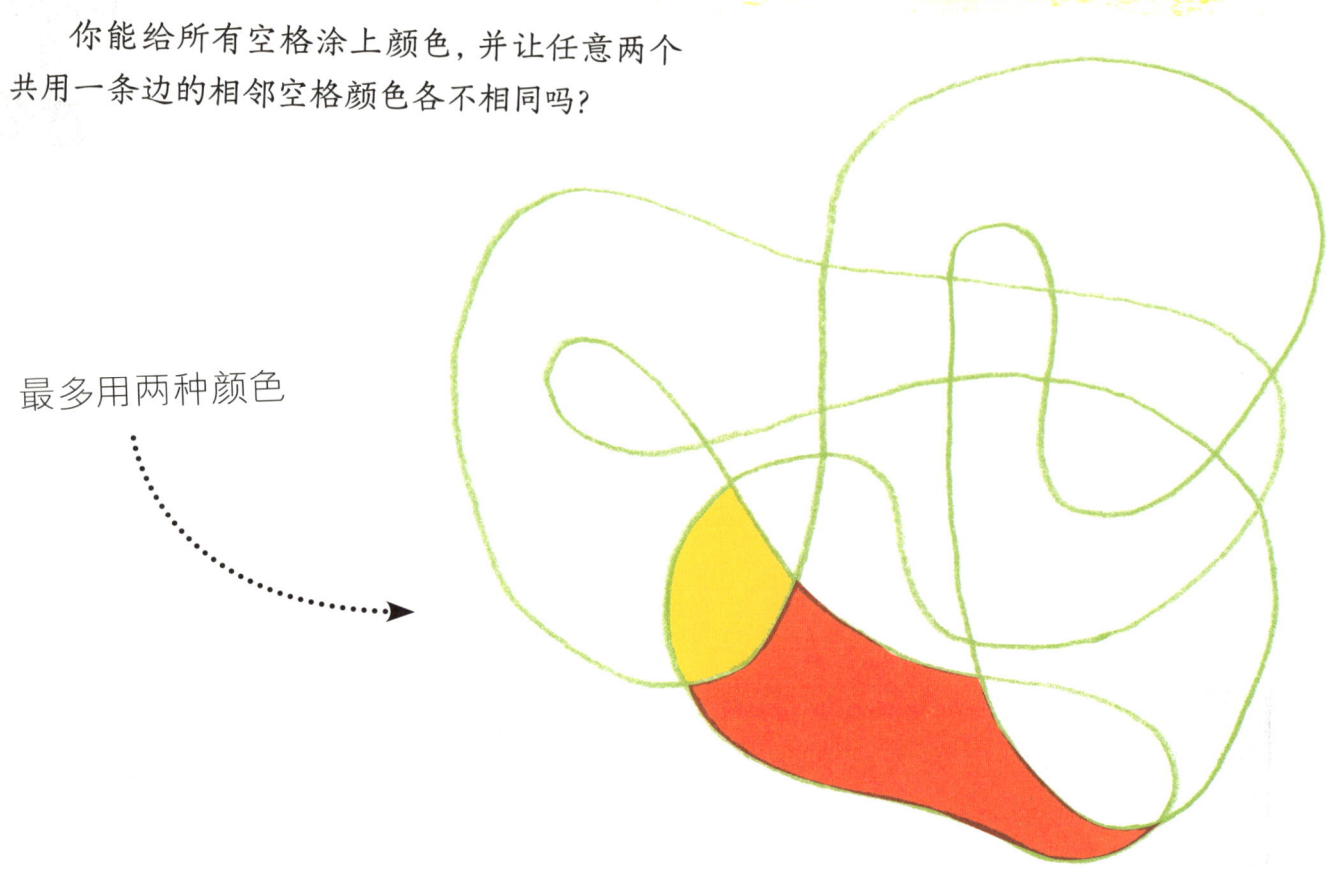

最多用四种颜色

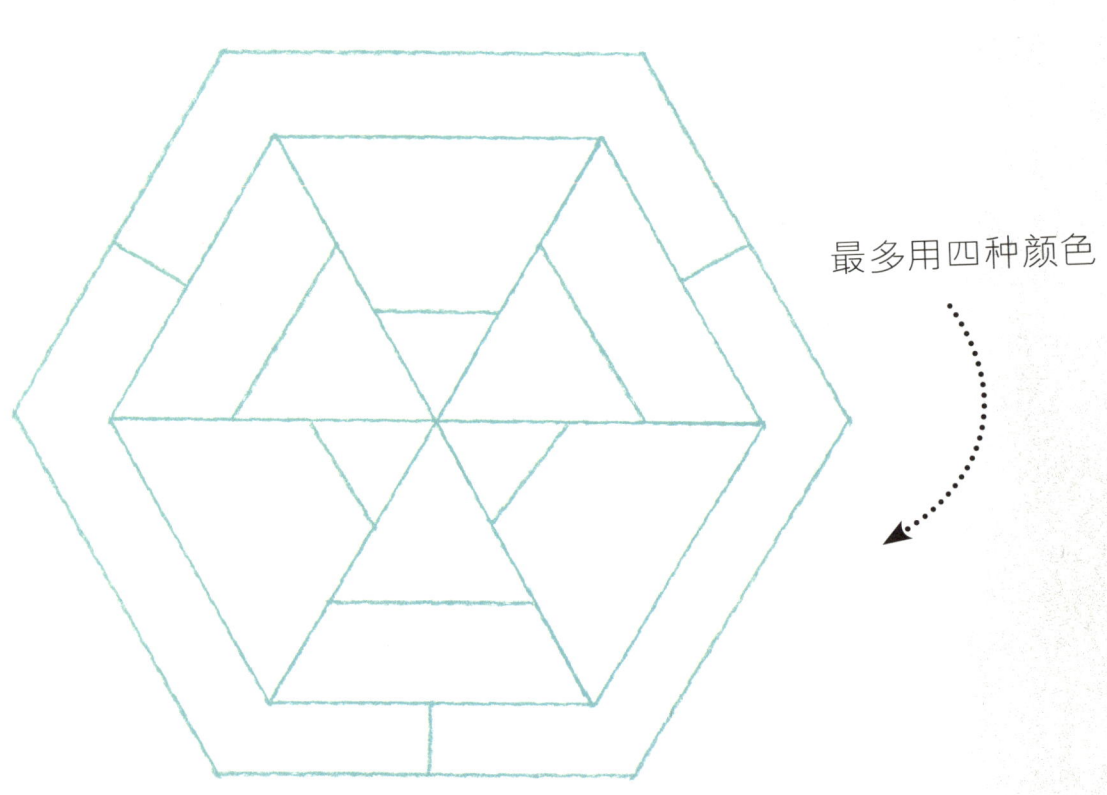

画一个由弯曲的线条组成的图形，或者一组相互重叠的形状，创造出最棒的彩色图案吧。

更多涂色谜题

这个谜题需要使用三种颜色。
记住共用一条边的相邻的空格要用不同的颜色！

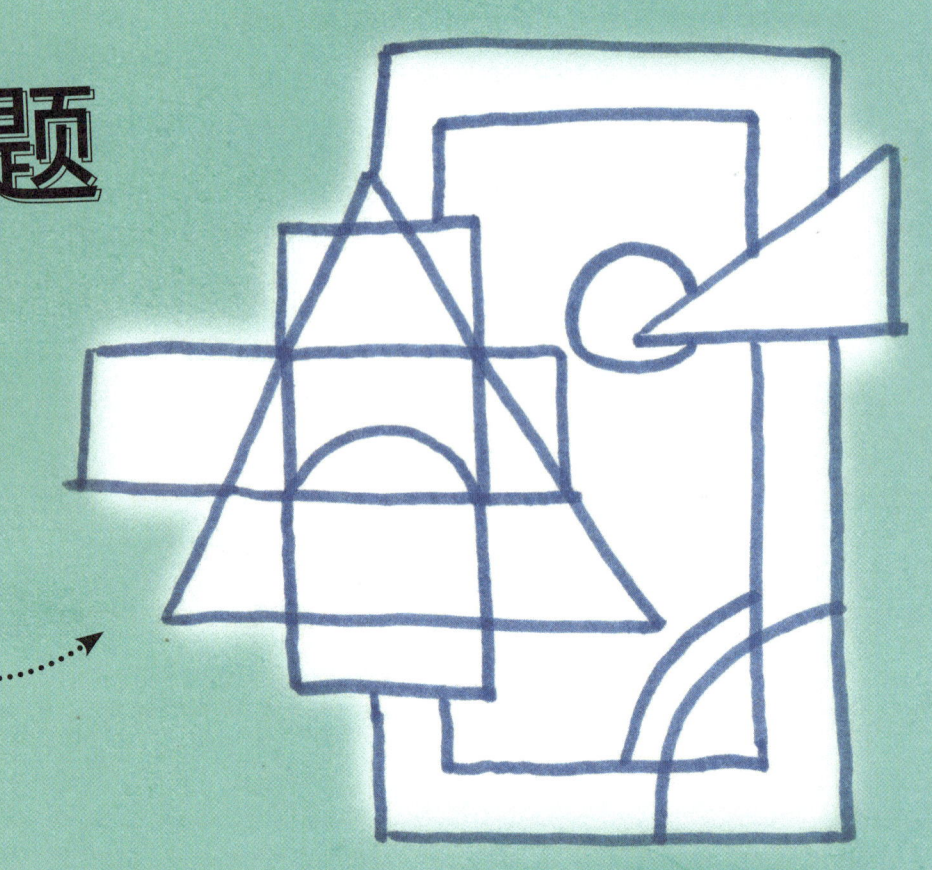

这个形状全都是由直角和折线组成的。你需要使用四种颜色。

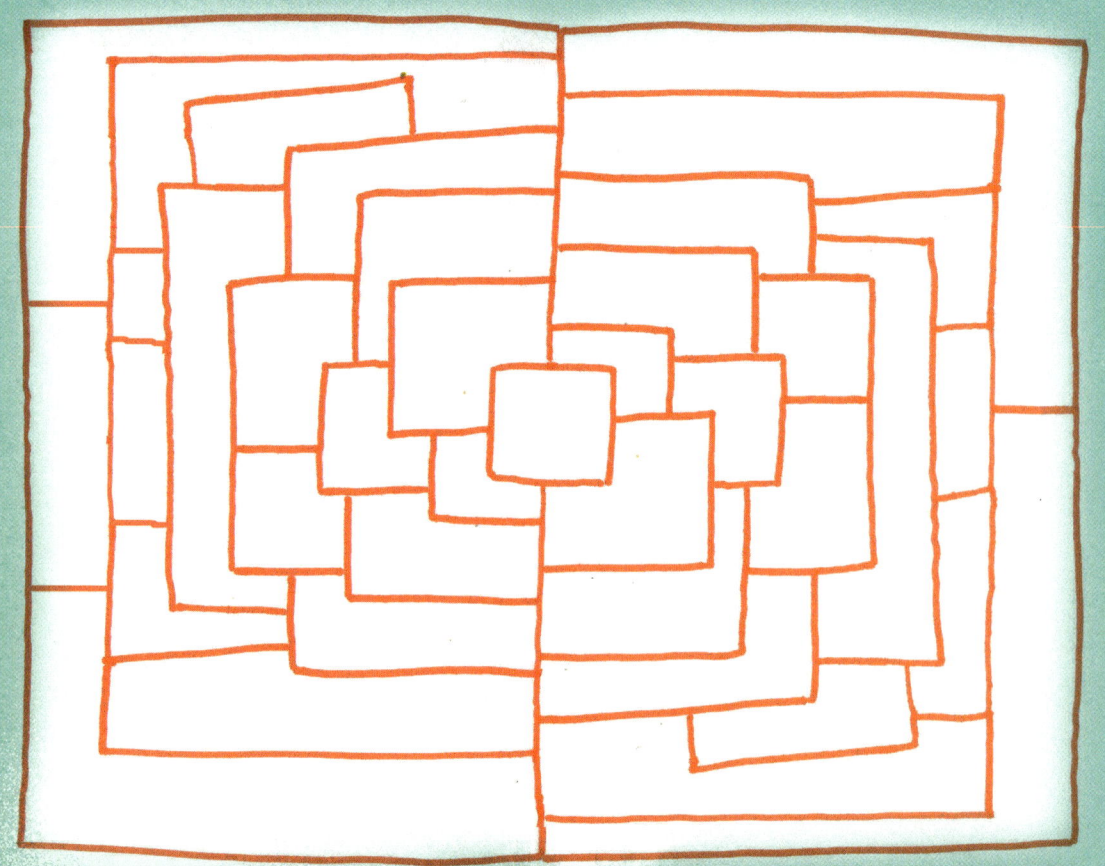

在这里创造你自己的涂色谜题吧!

你能创造出最少需要4种颜色的涂色谜题吗?试试看。

你知道吗?如果想创造出最少需要4种以上的颜色才能完全上色的涂色谜题,是不可能实现的。

超级星星

你能画出一颗七角星吗？二十五角星呢？
这很简单——只要数数就行了！

七角星

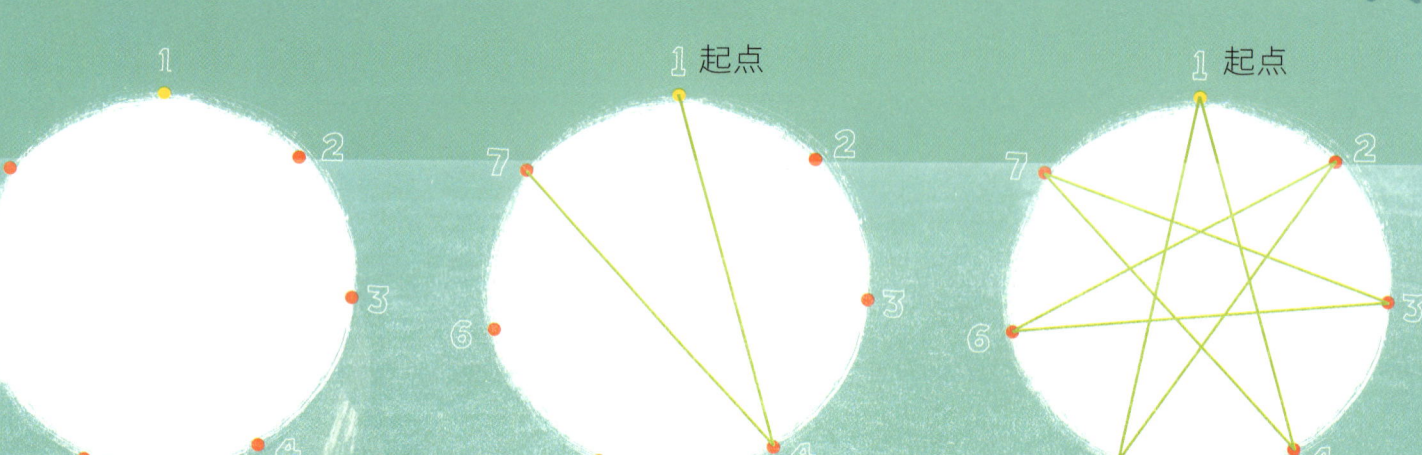

1. 在一个圆上画出7个点。

2. 以1为起点，每向前数3个点，连一条线。

3. 按照这个方法继续连线，直到回到起点。

试试这个！从起点开始，每向前数2个点，连一条线。

试试这个！从起点开始，每向前数3个点，连一条线。

看星星

你不一定非要用7个点来画星星，也不一定非要每向前数3个点，连一条线。也可以用9个点，11个点，甚至30个点来试一试，还可以让连线间隔的点数更多，或更少。

9个点。连线间隔点数由你来决定。

11个点。从起点开始，每向前数3个点，连一条线。

15个点。从起点开始，每向前数4个点，连一条线，画一颗圆滚滚的星星；或者每向前数7个点，连一条线，画一颗尖尖的星星。

17个点。从起点开始，每向前数3~4个点，连一条线，画一颗圆滚滚的星星；或者每向前数7~8个点，连一条线，画一颗尖尖的星星。

欧拉难题

把下面的每个图形都用一笔描完,让起点和终点落在同一个点上,你能做到吗?每条线只能描一遍!

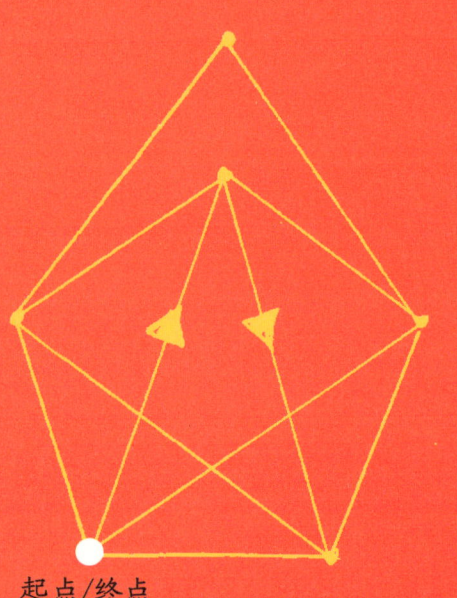

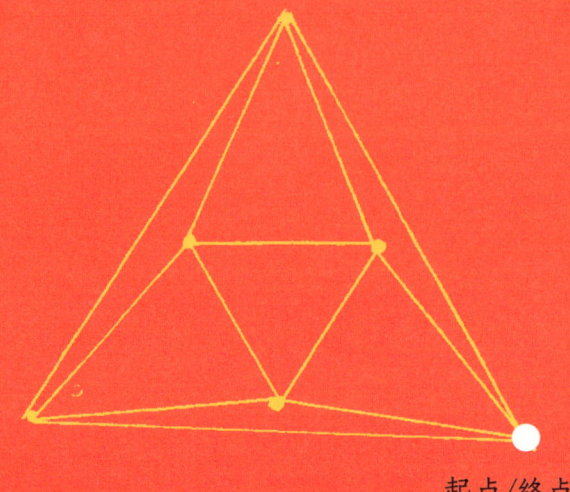

起点/终点

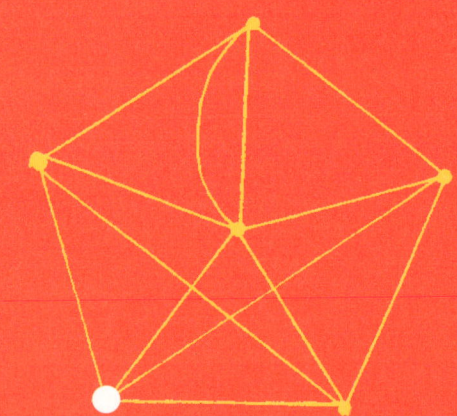

起点/终点

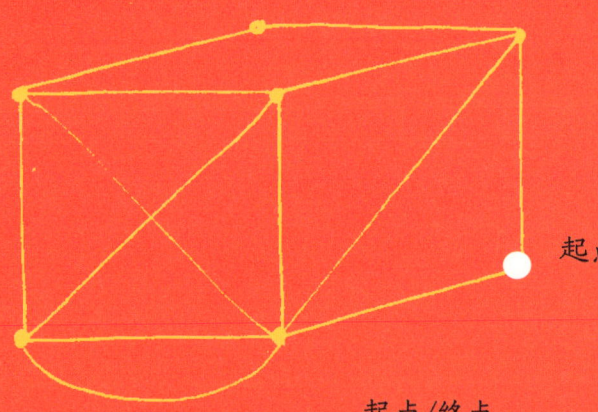

起点/终点

起点/终点

这个图形看起来可能有些复杂,不过你看到中间的八角星了吗?

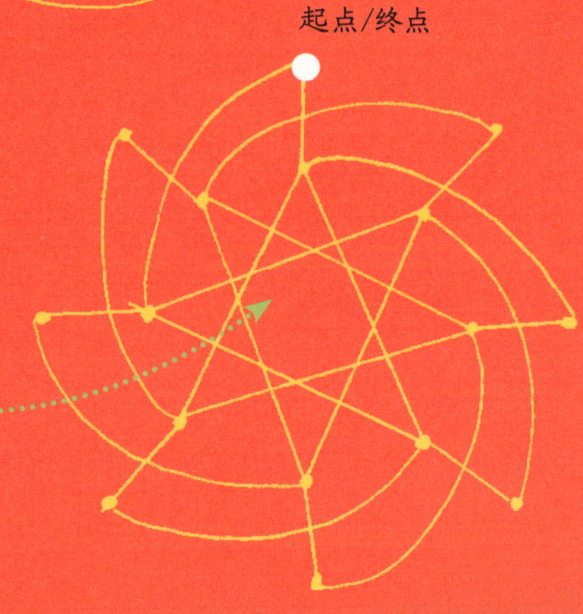

不可能一笔描完！

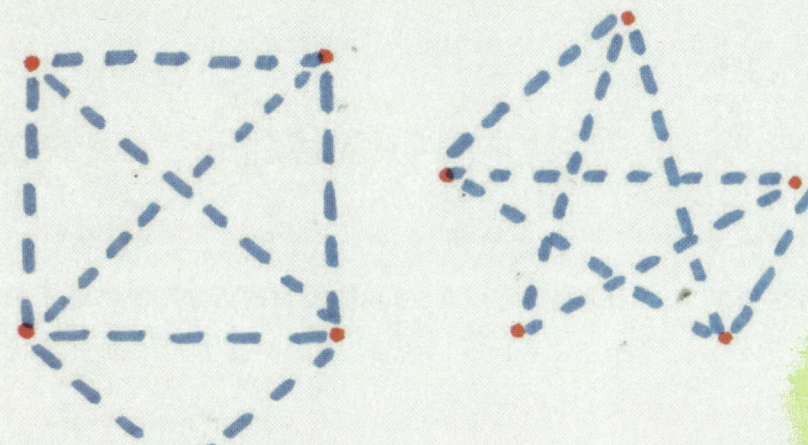

这两个图形都不可能一笔描完*。不论你用多少种办法，都无法让起点和终点落在同一个点上，并且一笔描完每条线。试试看！

*注：这里的"一笔描完"指一笔描完图形，并让起点和终点落在同一点上的情况。

为什么有些图形不可能一笔描完？

很久以前，一位名叫莱昂哈德·欧拉的数学家发现，只有图形中每个点上经过的线条数量都是偶数时，才能一笔描完，并让起点和终点落在同一个点上。上面两个图形中，有些顶点上经过了三条线——所以不可能一笔描完。

在这里创造你自己的欧拉难题吧！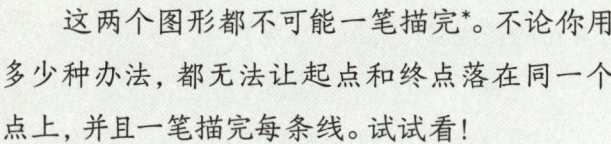

更多奇思妙想

不确定接下来要做什么?那么这里有一些提议,可以帮助你创造更多奇妙的美术作品。

参考创意

第18~21页和第32~33页介绍了如何用圆规和直尺画出完美的三角形和六边形。利用这些工具,你还能画出哪些完美的形状?

在画帕斯卡三角形(第26~27页)的时候,顶端不一定非要从数字1开始。可以试试不同的数字和不同的组合方式。

制作你自己的十四巧板(第28~31页)。把一个正方形分割裁剪成不同形状的拼片,看看你能拼出哪些图形。

在你完成将长方形分割成正方形(第50~51页)的画作后,把它做成一幅拼图吧。把分割出的正方形一个个剪下来,向你的朋友发出挑战,让他们用这些正方形拼回一个长方形。

你能画一组能够覆盖球体的变形镶嵌图案(第34~37页)吗?还能不能覆盖立方体呢?试试用各种不同的图形进行镶嵌。

将几个创意结合起来

在你完成将长方形分割成正方形(第50~51页)的画作以后,可以在空白的正方形中填进无限多个圆(第14~15页),或者在正方形中画出网状图案(第12~13页)。

在第64~65页星星上的空白处填入图案,可以绘制美丽的曼陀罗(第16~17页)。

试试用第62~63页介绍的"四色法"给你的其他画作涂上颜色,比如镶嵌图案、圆形图案、被分割成正方形的长方形等。

把你最喜欢的画作做成一幅拼贴画,或者制作一本你自己的数学美术书,往书里添加超赞的原创作品吧!

除了画画，还可以做点儿别的

用彩线来制作第10~13页的抛物线或者第64~65页的星星。在一张纸上画一个圆或一对坐标轴。在大头针或图钉之间系上彩线，代替你通常用笔画的直线！

在一块玻璃或透明塑料片上用彩色胶水画出四色画（第60~63页）的轮廓。在空格中涂上透明彩漆（遵循四色原则），制作一扇彩色玻璃窗吧！

按照传统方法，第16~17页的曼陀罗可以用彩沙来制作。在一张圆形的纸上画出曼陀罗图案，在上面涂上薄薄的一层胶水，再小心地把彩沙撒在上面，给你的曼陀罗涂上颜色。

还可以制作镶嵌拼图饼干模具！用结实的铝箔或薄塑料片制作镶嵌拼图饼干模具（第36~37页或第40~41页）。

镶嵌图案（第36~41页）可以很好地装饰物体表面。你有一面空白的墙壁？那正好可以制作镶嵌图案墙纸。T恤上缺个图案？那就画上镶嵌图案吧。还可以在马克杯、花盆、手镯和枕头上画上镶嵌图案，把它们变成很棒的礼物。

术语表

变形艺术： 变形的艺术作品，只有从特定的视角或者通过特制的透镜才能看到正常的画面。

八边形： 由八条边组成的多边形。

半径： 圆周和圆心之间的距离。

倍数： 如果第一个数能被第二个数整除，那么第一个数就是第二个数的倍数。例如，6是3的倍数，因为6除以3等于2。

长方形： 由四条边组成的多边形，相对的两边长度相等，有四个直角。

垂直： 形容线条竖直的状态。

等边图形： 所有边长都相等的图形。

度： 用来衡量"角"的计量单位。

对称： 如果图形在以特定方式移动（比如旋转）时看起来没有变化，那么它就是对称的。

分形： 会一直重复自己的形状或图案。每个部分都由整个形状的缩小版组成。

角： 交于一点的两条直线之间的部分，以"度"作为计量单位。

科赫雪花： 一种分形，将三角形的各边分割成同样形状的越来越小的三角形。

量角器： 测量和绘制角度的工具。

六边形： 有六条边的多边形。

曼陀罗： 印度教和佛教中的一种精神象征符号，通常由圆演变而成，包含很多对称图案。

欧拉曲线： 能一笔描完所有线条，每条线只描一遍，起点和终点落在同一个点上的曲线图形。

偶数： 可以被2整除的数。

抛物线： 一条U形曲线，随着高度增加，开口也逐渐变大。

七边形： 有七条边的多边形。

奇数： 不能被2整除的数。

三角形： 有三条边的多边形。

十四巧板：一种拼图游戏，包含14块不同形状的拼片，这些拼片可以拼成一个正方形。

视平线：将透视画面分成两个部分的一条线。

数字：从0到9的任意一个单独的数，例如28包含2和8两个数字。

水平：形容线条横向的状态。

透视：在二维表面（平面）上绘制三维物体的方法，可以让物体看上去拥有正确的高度、宽度和长度。

图形：在本书中，是指用线连接各点后得到的图形。

网格：由交叉线条组成的平面背景。网格通常是正方形的，不过也有三角形或六边形的。

无限：没有限制或永无止境。

五边形：有五条边的多边形。

镶嵌图案：由各种图形拼成的不断重复的对称图案，没有缝隙，也没有重叠。

消失点：在二维平面上绘制三维物体时画面上的一个点，透视线在这个点上相交。

谢尔宾斯基三角形：一种分形，将一个等边三角形分割成更小的等边三角形，然后不断重复，分割出越来越小的等边三角形。

心脏线：看起来像心脏的曲线，由很多个重叠的圆组成。

旋转：让图形围绕一个点转动，比如围绕它的一个角转动。

圆规：用来画圆的绘图工具。

正方形：各边长度相等的四边形，四个角都是90°。

直角三角形：有一个角是90°的三角形。

坐标轴：一条垂直或水平的直线，上面设置有被称为"坐标"的点。

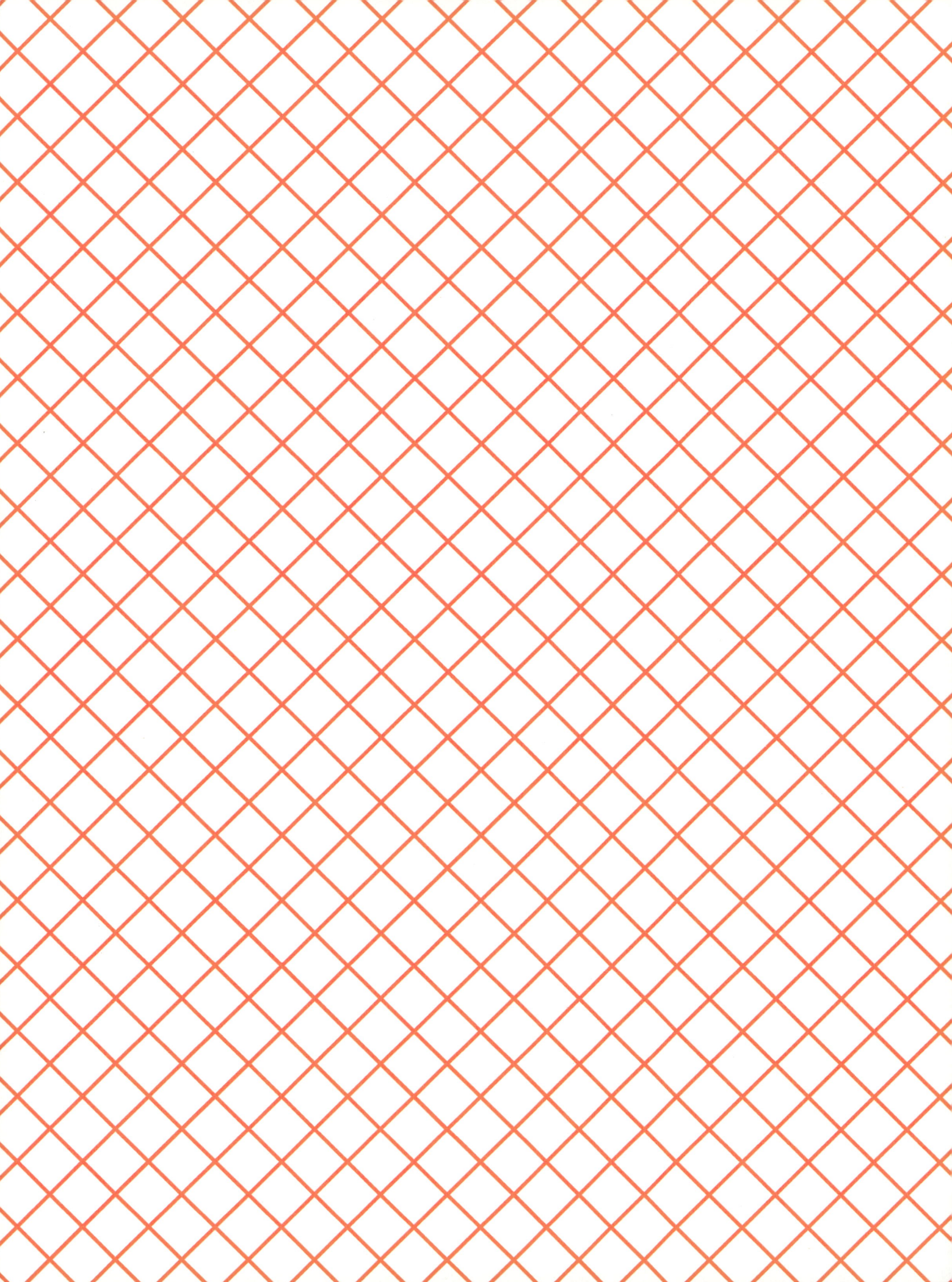